U0107663

超女心经

《新闻晨报》 编著

超女心经

SJPC 上海三联书店

图书在版编目(CIP)数据
超女心经/《新闻晨报》编著.
—上海:上海三联书店,2005.9
ISBN 7-5426-2189-0
Ⅰ.超… Ⅱ.星… Ⅲ.女性-歌唱-选拔赛-概况-中国-2005 Ⅳ.J692.7

中国版本图书馆CIP数据核字(2005)第112662号

超女心经

编　　著/《新闻晨报》
编 委 会/毛用雄　顾　伟
黄　琼　金乐敏
杨伟中　马笑虹
朱秋萍　李　明
策　　划/王骥飞
撰　　稿/苏　丹　顾　筝
谢　岚　沈　聪
陈杨威　朱晓雯
曾　玉　高　磊

责任编辑/姚望星
装帧设计/陈　芸
监　　制/沈　鹰
责任校对/张大伟

出版发行/上海三联书店
(200031)中国上海市乌鲁木齐南路396弄10号
http://www.sanlianc.com
E　mail:shsanlian@yahoo.com.cn
印　刷/上海界龙艺术印刷有限公司

版　次/2005年9月第1版
印　次/2005年9月第1次印刷
开　本/787×1092　1/20
字　数/120千字
印　张/9.5

ISBN7-5426-2189-0
G·742　定价:28.00元

本书所涉及文字、图片均由《新闻晨报》记者采写、拍摄，版权所有，侵权必究（书中署名作品除外）

目录 CONTENTS

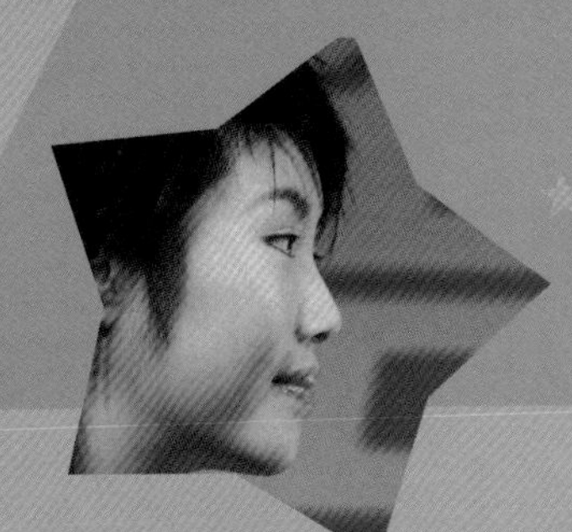

目录 CONTENTS

李宇春

超级腔调

内地歌坛有唱英文歌的经典歌手吗?

没有。

内地歌坛有以帅气台风著称的女歌手吗?

也没有。

内地歌坛有土生土长的 R&B 女天王吗?

那更没有了。

对了！这就对上号了！“超级女声”的千里马就应该是她们！

当玉女被淘汰，当小可爱被淘汰，当劲歌劲舞被淘汰，留下来的三个人，恰恰是内地音乐市场的空白点，歌迷心目中的自留地。

李宇春

2005年“超级女声”第一名，成都人。

目前就读于四川音乐学院，所学专业为通俗音乐专业。

曾获第七届全国推新人大赛四川赛区“新人奖”、首届CCTV全国校园歌手大赛四川赛区“特别奖”、首届校园歌手英文歌大赛“二等奖”。

周笔畅

2005年“超级女声”第二名，原籍湖南，深圳长大。

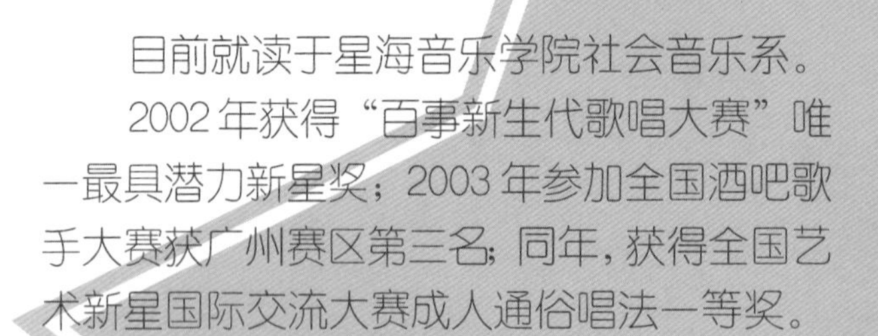

目前就读于星海音乐学院社会音乐系。

2002 年获得“百事新生代歌唱大赛”唯一最具潜力新星奖；2003 年参加全国酒吧歌手大赛获广州赛区第三名；同年，获得全国艺术新星国际交流大赛成人通俗唱法一等奖。

张靓颖

2005 年“超级女声”第三名，成都人。

目前就读于四川大学外国语学院。

1998 年成都市“爱浪杯”歌唱比赛亚军；2003 年全国大学生“统一冰红茶”歌手大赛成都赛区第一名；2004 年全国大学生“统一冰红茶”歌手大赛全国总决赛冠军；2004 年“京都念慈庵”PUB 歌手大赛全国总冠军。

张靓颖。李宇春。周笔畅。

700多万张的选票和尖叫声，送给这三位特别的姑娘。

假使她们是你班上的三位同学，你绝对不会在开学第一天留意到她们——

李宇春，一个瘦高个女孩，拎着书包晃悠过门口，啪地在最后一排坐下来，塞上耳塞自己听音乐；

张靓颖，长发MM，长得不算难看但你却很难找寻她的踪迹，她是你最熟悉的陌生人；

唯有周笔畅还好些，一个星期放学后的一天，有个多嘴的男生给她起了“机器猫”的外号，她的知名度才随哆啦A梦提高起来。

谁让她们都一样的害羞，一样的不善言辞呢?

那只有被淹没在茫茫美女中的命运了。

三年后……

李宇春因为帮班里拿回了三个体育比赛的冠军而成为全校学生的偶像；

张靓颖凭她好得令人咋舌的英语口语而被选入联合国小记者团；

而周笔畅则被陶喆看中，成为他关门女弟子而留洋进修了。

她们优秀，只因为她们特别。而且，不是美女。

李宇春

李宇春："玉米"眼里只有你，没有他

说实话，采访"超女"们真的不是一件好差事。

虽然身边潜伏着的这个迷那个粉都已经两眼发亮，净是艳羡的光芒。

但在"超女"已经火到这个份上的时间段，任何采访都只是拿热脸去贴冷屁股。首先是她们本人已经被公司严格控制，约本人做采访比登天还难，只能曲线救国找她们父母吧，而她们其实又是很普通的女孩子，20 岁出头的年龄，能有多少故事，父母该报的料也早就报光了。

尽管如此，还是赶到了成都，约见李宇春的父母，想看看这个靠着 350 多万短信投票成为 2005 年度"超级女声"冠军的女孩子到底是在怎么样一个家庭成长出来的。

去年的时候，李宇春还把自己赚到的第一个 100 元买了牛奶和一些零食，去送给了爷爷奶奶。今年这个时候，她从长沙决赛后回到家乡成都，却连家都不能进。

她的爸爸在电话里表示无奈，她的妈妈病恹恹的，是心里累，这两位很多中国家长羡慕的爸妈，却在聊了没多久后双双红了眼睛，妈妈更是止不住地流泪。

宇春的小房间还是那样整齐，床上放着一些有她大头像的海报，家里的客厅里堆着送给她的礼物，但是女儿什么时候能回来睡上一觉，爸爸妈妈也不知道。

不想让宇春爸妈难过，就说我们聊点高兴的吧……

李宇春的前超女时代：中学时便是“大明星”

高中毕业就开演唱会

听春妈妈说，李宇春小时候特别好带。别的婴儿晚上总不能睡个踏实觉，动不动就要起来喝奶或者撒尿，但她晚上就安安分分地睡觉。一岁多的时候就坐在小椅子上靠在妈妈的膝盖边，像一只温顺的小猫。

从小宇春就没让父母操心。因为爸爸是成都铁路公安处的乘警，所以小学读的就是铁路子弟小学，读书挺好的，初中就读了省重点中学新都一中。她是属于能读书的孩子，语文是各科中最好的，写文章尤其不赖，有些作文还收入了她们学校的文学刊物。

春妈妈特地把这些刊物翻出来给我们看，上面赫然有“初99级4班李宇春”的“大作”——《压岁钱》、《筷子》等。

在初中就开始了李宇春的风光时代，那时候就有人找她签名，俨然是个小明星的架势。宇春参加中学里的歌唱比赛，老师让她别参加了，就做做表演嘉宾吧，因为总不能老由她来拿第一，也得给别人一点机会。高中的时候妈妈去学校，吓了一跳，楼下居然就有学生把头伸出来大声喊“李宇春，我爱你”，男的女的都有。高中时她做得最帅的一件事情就是毕业的时候给自己开了一场演唱会，出尽风头，尽享舞台荣光。

其实爸妈希望她大学读医学院，因为家里没人是医生，就盼她来实现这个家庭梦想了。但李宇春不干，她有自己的考虑，想考四川音乐学院。爸妈看她非常执着，也就答应了，因为这是女儿的梦想，而做父母的就得创造条件。虽然他们对李宇春的唱歌实力有信心，但之前她从没受过任何音乐方面的专业训练，所以得请个老师好好地为她辅导一下。请老师的时候已经是高三那一年的寒假了，老师说时间太短，本来并不想收学生的，但是听了李宇春唱歌后却很喜欢她，所以决定试试这个“不可能的任务”，不过事前也给春爸春妈打了预防针，时间这么短，考不上是很正常的，考得上，是奇迹了。

那一年的3月份是专业考试，李宇春在初试和复试中唱了《拥抱明天》和《千万次的问》，那一年是2002年。

事隔三年，我们见到当年的考官之一，也是后来李宇春老师的余政仪时，他还清楚地记得宇春当年唱的这两首歌。当时他就觉得这个孩子很特别，让她回去好好准备文化考试。

高考考场出来李宇春信心十足，不仅觉得自己发挥不错，而且有专业老师的特别关照，再加上她的成绩一向中上，所以觉得这次考川音绝对没什么问题。但是去看榜的时候却有了一段小插曲，是爸爸陪她去看的，一路看过来都没有她的名字，本来的信心十足就像一个泄了气的皮球，当时她很懊恼，非常灰心，一副失落的表情。爸爸安慰她这没什么，但她仍没什么表情，这件事对她打击特别大。爸爸陪着她在长椅上坐了一会儿，宇春一直都没说话，准备走的时候却看到另一边还有人在看榜，爸爸就建议再过去看看，因为爸爸对女儿还是很有信心的。果然在那边看到了“李宇春”的名字，她一下子就兴奋了起来，神情前后判若两人，后来才知道那边的是前几名的榜，而那一年，宇春是四川考区的第二名。

彷徨开场的大学时代

考入四川音乐学院，是李宇春迈向梦想的第一步，凭着四川考区第二名的成绩进入，满怀着信心和憧憬的李宇春，却在大学第一年，颓废而彷徨。

一般大学新生刚进学校的时候总会有点不适应，需要有个过渡期，李宇春的不适应尤甚，整整颓废了一年多。因为以前有一个很好的起点，在初中的时候参加学校的歌唱比赛无人能敌，高中就举办自己的个人演唱会，学校里几百人位子的礼堂座无虚席。有这些成绩的她自然对自己充满信心，更何况是以四川地区第二名的身份考入川音的。但真正进入川音之后，一下子就没自信了，她只算半路出家的，只是在考试之前突击补了一些乐理知识，而学校里的其他学生都或多或少有专业背景。而且传统的“审音”标准是音域宽，嗓门大，能飙高音，李宇春在这些方面都是吃亏的，在川音那么多能飙高音的选手当中，她觉得自己非常渺小。余政仪老师倒是一直都很欣赏这个女孩子，觉得她的声音很特别，所以就一直鼓励她，让她不要跟别人比，因为每个人都不一样，木棒就是木棒，何必一定要去承受钢管的重量。

余老师为了鼓励她，还特地让她来参加自己“8 琴房的声音”的演唱会。在音乐学院每个老师都有一个琴房，在这个琴房里教授的学生各个年级不等，老师会组织他们开一场演唱会。按理说一年级的新生是没有资格来进行独唱的，但余老师为了让李宇春树立信心，特地安排她独唱，还是第一个表演。只是表演的时候因为乐队没有经验，把调升高了，当时余老师一听，就心想完了，想宇春怎么能应付，没想到她居然很好地唱了下来。

只是让余老师没有想到的是，虽然在演唱会上表现不错，但李宇春至此却愈发地没信心了，因为她在演唱会上看到太多那种传统上来说唱得好的人了。

真正让她开始有信心起来是一次期末考试，在那次考试中，她演唱的就是标志性的那首《我的心里只有你没有他》。通过余老师保存的影像资料我们可以看到她那个时候的表演已经有现在的风范了，那些小动作看来是如此熟悉，都是如今在台上能引发无尽热情和欢呼的。这次考试，老师们给了她一个 91 分，这是在音乐学院少有的高分，李宇春，从此有自信了。

不过大二的时候还是受了一次打击，参加全国青年歌手大奖赛，却连学校的决赛都没有通过，回到家后大哭一场。妈妈急了，给余老师打电话希望他好好安慰一下这个孩子。余老师到底安慰了什么，事隔多日他也记不太清了，让他欣慰的是宇春却一直都记得，她后来在发给余老师的短信中说道："我一点也没有感到压力，我还记得老师你以前跟我说的话……"

李宇春的后超女时代："妈妈，我累"

"春春，你怎么这么不耐烦"

9月5日，是四川音乐学院新学期开学的日子。

如果照往常，李宇春应该一个人拿着一万多元的学费去学校报到，这是她在这所学校的最后一个学年。

但是今年不一样了，她乘坐一辆普通的面包车想掩人耳目，但还是没成功，门口无数的"玉米"和媒体记者把她围得水泄不通。学校的领导们特地把她和何洁请入会议室举办小规模的庆祝会，横幅是"欢迎李宇春、何洁载誉归来"。

都是贵宾级的待遇，只因为她在大三下半学期参加了一个大实习——"超级女声"的比赛。

一开始，春爸爸特别赞成李宇春去参加这样的比赛，他一直奉行着一种严厉的、希望孩子能多经受挫折和压力的教育，所以他觉得让李宇春去参加这样的比赛，可以去锻炼锻炼，借鉴一点舞台经验。

没想到，女儿这一比，比到了最后。

女儿参加比赛，爸爸没有请过一天假，即使那个时候在成都赛区比赛，爸爸也不去现场看，最多看电视转播，没时间看到的话就看第二天的重播。是妈妈陪宇春呆在长沙的，从十进八的比赛开始，妈妈一直呆在长沙陪着，呆了一个月。在那里她看到了很多“玉米”，看到他们不远千里自费来到长沙，不辞辛苦地在街头为宇春拉票，妈妈在那里哭了好多次，这些“玉米”让她感动。

但其实宇春并不希望妈妈在长沙陪她，她怕妈妈受不了。那些天的压力，所承受的辛苦，她都不想让妈妈在旁边看到，而且她也不希望妈妈的生活被打扰，当在长沙看到妈妈被一群记者围住的时候，她急得都快要哭了。虽然妈妈在长沙，但宇春从来没对妈妈说过心里有多大压力，爸爸特别担心她不能承受压力，所以常常打电话给她，对她说“如果不能和妈妈说，那就和爸爸说说”，总希望能和她多多交流。但她总是咬着牙，摇头，表示没有什么压力。

妈妈虽然感觉到了宇春的压力，但是她不说也无从安慰起。

直到那一天，全国总决赛5进3比赛的时候，何洁被PK掉了，李宇春紧紧地抱着她，眼泪止不住地往下流，泣不成声，那一刻，她不单单是为何洁，也是发泄掉了自己多日来所有的压力，是一种集中的宣泄。妈妈回忆说，其实前一天她情绪就不好，好像是选歌出了点问题，她回来之后就哭得很伤心，哭完之后说：“妈妈，我累。”

妈妈说到这里，忍不住掉下了眼泪。春妈妈翻出前两天的报纸给我们看，上面有一张李宇春相当憔悴的照片，那是在拍MV的过程当中，连着三天都没有睡觉，本来就瘦的身子现在更是只剩下皮包骨了。“看到这张照片我就想哭，怎么也不给孩子休息一下啊!”春妈妈拿着餐巾纸抹泪。

春爸爸进了房间回避了一下，出来后嗔怪道:“被你弄得我也要哭了，你总是这样的话，谈话怎么进行得下去?”李宇春爸爸是一个硬汉子，以前有什么事情都不会哭，但是这次看到女儿唱歌却流下了眼泪。那是在总决赛的时候，宇春唱《故乡的云》，唱到那一句“我已是满身疲惫，眼里是酸楚的泪……”，爸爸听到就很有感触了，只是当时碍于很多人在场，硬是忍住了，但第二天一个人在家看重播的时候就哭了。打电话告诉宇春，宇春非常惊讶，因为在她印象当中爸爸是从来不会哭的。女儿参加比赛，春爸爸瘦了很多，一个不愿意过多表达自己感情的父亲把自己的牵挂和担心全放在心里。

春爸爸坦言，其实在6进5、5进3的时候他特别希望宇春能被淘汰，就是希望她能够回家。因为当时参加“超女”的最初目的已经达到了，而且前5强谁第一谁第二已经无所谓了，如果淘汰的话会有一种失落的感觉，春爸爸就希望宇春能够感受一下这种失落的感觉。

对春妈妈来说，虽然女儿不在身边会很想念，但让她欣慰的是，女儿懂事了。在比赛的间隙，有一次宇春回到家里，本来是8日回来可以呆到11日走的，但当天晚上9点还在家里吃饭时，就接到了电话让她第二天回去，当时她对着电话很不耐烦，春妈妈就劝她不能这样。不过宇春也有自己生气的道理，如果就这样急着让她回去，那她还不如不回来呢。而那天要做的事情很多，先和亲戚们聊天，再要选歌，还要妈妈陪着去修剪头发去买条牛仔裤，但是第二天牛仔裤也没买着，因为一路上都有人要她签名和拍照，耽误了不少时间。回家之后急急地整理行李。天下的妈妈都是一样的，宇春妈妈就在她的行李袋里装一

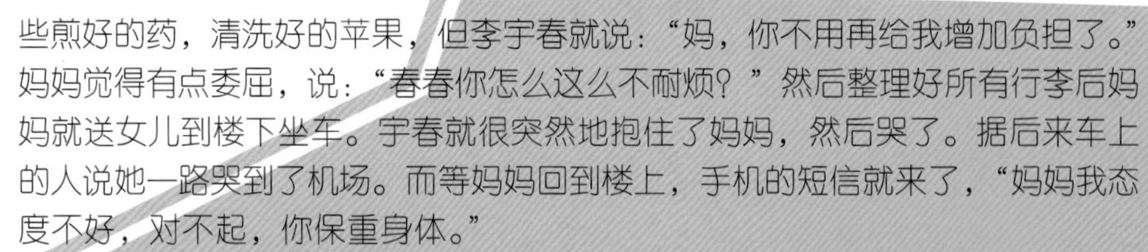

些煎好的药，清洗好的苹果，但李宇春就说：“妈，你不用再给我增加负担了。”妈妈觉得有点委屈，说：“春春你怎么这么不耐烦？”然后整理好所有行李后妈妈就送女儿到楼下坐车。宇春就很突然地抱住了妈妈，然后哭了。据后来车上的人说她一路哭到了机场。而等妈妈回到楼上，手机的短信就来了，“妈妈我态度不好，对不起，你保重身体。”

李宇春其实生活中和舞台上的形象一样，也是酷酷的，不太爱说话，不太会表达。爸爸说她从来没抱过自己。而她大二的时候参加一个演出，第一次得了100块钱，她就给爷爷奶奶买了牛奶和零食送过去。这件事，她也从来没对父母说过。

“李宇春本来就是李宇春”

今年李宇春开始了自己的大四生涯，但是看来她呆在学校里的机会屈指可数。

本来大四就是实习的时间，而她的实习地点很特别，是娱乐圈。

其实，对宇春爸爸妈妈来说，倒还是原先的宇春会让他们高兴，现在“超女”结束了，她踏入了娱乐圈，但却开始为她担心了，因为他们知道有些跟斗是摔不起，也是输不起的。

不过既然这是女儿的梦想，他们也没有办法。

决赛结束之后宇春打电话给爸爸，这是她第一次主动打电话过来，爸爸有点疑惑：“你还有时间打电话过来吗？现在心情如何？”

宇春的回答是，“我很平静，李宇春本来就是李宇春。”

这个回答让爸爸很满意，他希望女儿能保持这种平静的心态。以后娱乐圈

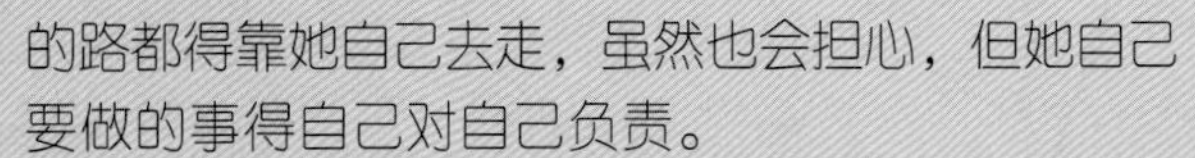

的路都得靠她自己去走，虽然也会担心，但她自己要做的事得自己对自己负责。

李宇春“超女”比赛之后是回了成都，但是却一直不能回家，由公司人员安排着住在酒店。即使是回来的那天妈妈去接机，也没有接到女儿。李宇春是9月1日晚上11点45分到成都的，那一天爸爸上夜班，妈妈一个人在家接到很多电话，都是打听宇春是不是回家的消息。因为宇春前一天跟妈妈说过会在2日的时候回来，还说会提前打电话回来的，所以妈妈很笃定，告诉各个亲戚们说宇春要到第二天才回来。但所有的人都不相信，说很多“玉米”都去机场接人了，而春妈妈的姐姐也开车过来要一起去接，说即使不回来也去现场感受一下气氛。春妈妈就随亲戚去了机场。在现场看到好多“玉米”自觉地让出一个通道等着接他们心目中的巨星——李宇春。春妈妈就一直给宇春打电话，但电话始终关机，直到七八次之后终于打通，她说刚下飞机。妈妈劝她一定要往这边通道走，要和“玉米”们打声招呼，当时宇春答应了，公司也答应了，只是当天机场保安安排不过来，而里面40多个空姐就已经抢着要签名，乱了，所以公司决定换个通道安全离开。

当宇春妈妈离开的时候，听到“玉米”们齐声高唱《我的心里只有你没有他》和《当我偷偷地想你》的时候，又是忍不住地感动。

任何事情都要付出代价，现在李宇春已经不完全属于父母了，她属于公司，属于歌迷，属于各种纷繁复杂所要参与的活动、发布会、演唱会，她对父母说：“以后你们想看我就过来看我，你们该怎么玩就怎么玩。”

真的有这么容易吗？

我们到李宇春家里的时候，只见门口堆着很多个纸板箱，这是春妈妈从长沙带回来的行李，大部分是“玉米”送给宇春的礼物，都是别人的一番心意，春妈妈就全部打包带回。但回来好多天，还是没有心思去整理，它们就这样堆在客厅里面。

春妈妈身体不太好，看上去很累的样子。家里放着很多有关报道宇春的报纸，春妈妈看到宇春憔悴的照片就想哭。

他们知道，超女比赛结束了，他们的生活应该回归正常了，他们会劝很多打电话来的小“玉米”好好地回到自己的学习和生活的轨道中去，因为这是春春的希望。春爸春妈会这样劝别人，但要自己回到自己的轨道，似乎还要点时间。

他们说，以后就不会再接受这样的采访了，因为他们要努力过自己的生活。

专访

李宇春：海选出英雄

这个打扮中性的女孩让人过目不忘，不管你是喜欢得要命，还是讨厌得要死。在本年度的“超级女声”赛场上，李宇春以20多万张投票当选成都赛区No.1。

坐在记者对面的这位来自四川的女孩，眼睛小小的，表情酷酷的，她最关心的问题是，什么时候可以去吃回锅肉，什么时候可以睡觉——“妈呀，当明星太累了。”

参加青年歌手大奖赛失败，参加去年“我型我秀”也被淘汰，当李宇春准备横下一条心去“北漂”受苦时，2005年5月，“超级女声”似乎为她打开了一扇门。

差点去“北漂”

记者:你的歌迷都从哪里来的?怎么这么多?

李宇春:我也不知道。成都决赛的时候,我自己打开投票结果,当时是何洁和张靓颖先看见的,她们一下子叫起来,我预感到可能第一名是我,但没想到有 20 多万张选票。

记者:有人说你爸是董事长,帮你拉票的。

李宇春:(摇头,摇头)我爸就是一名普通警察,哪来的董事长?不过随他们说吧,我无所谓。

记者:从海选到现在,越往后关于选手的小道消息越多,还有些黑幕性质的,你们是如何承受的?

李宇春:我无所谓,但是的确看见有些选手,一大早上来心情很不好,一问才知道她们前一天又看到了网上说她们的坏话。

记者:除了说你爸是董事长以外,还有说你什么的?

李宇春:……说我爸是老板,说我像男人什么的。

记者:后悔参加比赛吗?

李宇春:我不后悔,我感谢“超级女声”这个舞台。其实我的专业就是学唱歌的,我喜欢唱歌,希望这个就是我以后的事业。我本来都想好了,现在我大三嘛,过段时间我就去北京发展,去那里找机会。

记者:当“北漂”?

李宇春:对。我知道一开始可能很苦,没有工作,要去酒吧唱歌,住得也很差,没几个朋友。但我有心理准备,跟父母谈了好几次,可惜他们都反对我,但我会说服他们的。我就是想唱歌。

记者:那可真要感谢《超级女声》了,现在你已经出名了,不用再去北京受苦了,相信很快就有公司来帮你出唱片。

李宇春:再看吧。先比赛,没想那么多。

记者:海选对你而言,究竟意味着什么?

李宇春:一次机会。

直达唱片公司的直升机

记者:怎么喜欢上唱歌的?

李宇春:我记得第一次唱一首完整的歌是3岁的时候,《冬天里的一把火》,在全家人面前边唱边跳的。我爸说这个小孩不得了。

记者:后来就成小明星了吧?

李宇春:那没有,在初二之前,我都相当内向,有我这个人和没我这个人,老师都不会发现。一直到初二时,学校有次唱歌比赛,我一炮打响,从那以后就在学校里出名了,经常有同学找我签名,出去吃饭也不知道被谁买单了。高三毕业的时候,我还开了一场演唱会,自己弄的。

记者:听上去就相当风光了。

李宇春:嗯。可是后来我大学考进四川音乐学院,就又不行了。五线谱不认识,钢琴也不会弹,只会唱歌。大一一整年我都很郁闷,不上课也不学习。有一次参加全国青年歌手大赛,学校里先预选赛,我没进,回家后见到我妈,本来不想哭的,可是见到她我就忍不住哭了。

记者:你老师评价你的时候说,其实你唱女中音挺局限的,所以一直没获奖。而你的优点在于具备了更多流行音乐所需要的商业和娱乐元素。

李宇春:也许吧,后来我老师鼓励我,告诉我不要去想着输赢,只要想着唱歌给台下人听就行了。从那以后,我的状态慢慢好起来了。

记者:怎么想到去参加"超级女声"比赛?

李宇春:被朋友拉去的,我是最后一天报名,照片都没带,什么都没有就上场了。当时也没想过自己会入选,唱完就走了。

记者:如果没有"超级女声"的选秀,你的生活会怎么样?

李宇春:去北京,继续和我爸妈商量,请他们让我去北京发展。

记者:现在你过了海选,就像坐上了一部直升机,直达唱片公司了。

李宇春:所以还是挺感谢"超级女声"的,给我这个机会。

P.S. 李宇春的一位疯狂歌迷，将《你好，周杰伦》改编成了《你好，李宇春》

在你身体　在你脑袋　藏着一个　音乐妖怪　他们都说　你是天才李宇春
中国外国　古代现代　神话传说　游戏运动　歌曲创意　天马行空李宇春
爷爷外婆　爸爸妈妈　同学朋友　都已被你　信手拿来　写到歌里李宇春
人们都猜　你会不会　江郎才尽　我还对你　一如既往　保持期待李宇春

周笔畅

寻找周笔畅

两年前看过一部电影，名叫《寻找周杰伦》，讲的是一个傻呆呆的女孩子在失恋后开始寻找自己的偶像，那是她人生最后的希望，最后的甜蜜。当然，在剧终时导演很浪漫，很善意地给她安排了现实中的真爱——一个温柔无比的大帅哥，还有偶像周杰伦的真正出现。

两年后，一个叫“超级女声”的电视节目捧出了一位女周杰伦，她在今夏的风头似乎已经盖过曾经的偶像。她叫周笔畅，20岁，来自中国深圳。

《寻找周笔畅》，这是个大气的名字，似乎只有天王才称得起。但经过整个“超级女声”的海量采访后，我仍决定把这个名字送给这个神奇的小姑娘。

就是这么一个小姑娘，在广州唱区20进10的比赛中，周笔畅一曲《解脱》唱得五位评委全体起立，柯以敏更以一贯的夸张和热情迸出一句：“你拯救了歌坛！” 她在舞台上的大气，在私下里的可爱，在朋友间的纯真，在对决时的真诚，迎来了一浪接一浪的宠爱。

寻找周笔畅，与梦想相连，跟爱情无关。

第一站：湖南长沙

采访周笔畅是件比较困难的事情。

她不拽，但很低调；她懂礼貌，但不善言辞，非常地不善言辞。

“周笔畅你过来一下好吗？想跟你聊两句。”湖南长沙的总决选中，记者在录制现场见到了姑娘们。那时候只知道她是广州赛区的冠军，唱功不错，人气更是旺。仅此而已。

超女十强已经出炉，她们穿着同样的衣服，坐成一排，各有风采。从亚热带气候，收放自如的纪敏佳，到冰雪美人张靓颖，再到热带风暴洋溢如火的何洁，有的发短信，有的低头聊天，我扫视一圈，发现了周笔畅，只有她专注地望着钢琴，雷打不动。

那个阵势，就跟华山论剑、武林高手对峙一样，以静制动，心态最优者方占上风。

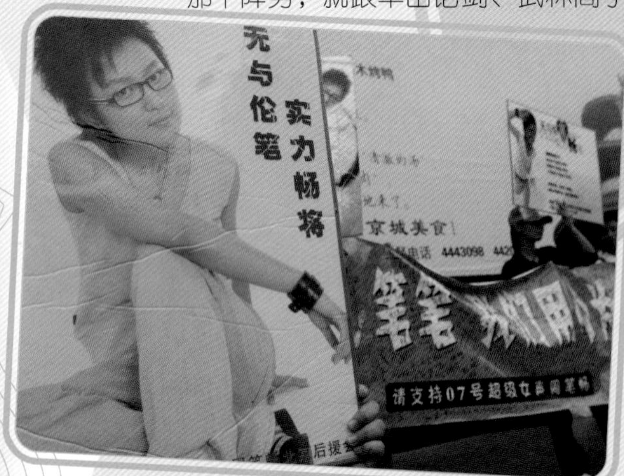

其实在前一天在比赛现场见到她的时候，就看见周笔畅喜欢一身嘻哈的中性打扮，走路低头发短信，抬头就说 Hi,一个“生于八十年代”的典型作品，满香港大街都是这样的小孩。当时还有一点担心，怕她转。

结果让人意外。

周笔畅欣然点头，并同时绽开一个可爱的微笑，露出白白的牙齿，大大的酒窝。“好啊。”她说。

记者：“周笔畅，我发现你比赛时候的心理素质非常好，这是什么原因？”

周笔畅：……（笑）谢谢。

记者：“对这次比赛的结果有什么预期？”

周笔畅：（隔五秒钟）顺其自然吧。

记者：超女对你来讲，最大的意义是什么？

周笔畅：成长，学到很多东西。

记者：以后有什么打算？

周笔畅：暂时还没有想法。

记者：会出唱片吗？

周笔畅：不知道，比赛太累了。我想先好好休息一下。

记者：你怎么不想出名？！这么好的舞台和机会？

周笔畅：我想转做幕后，所以先回学校念书。

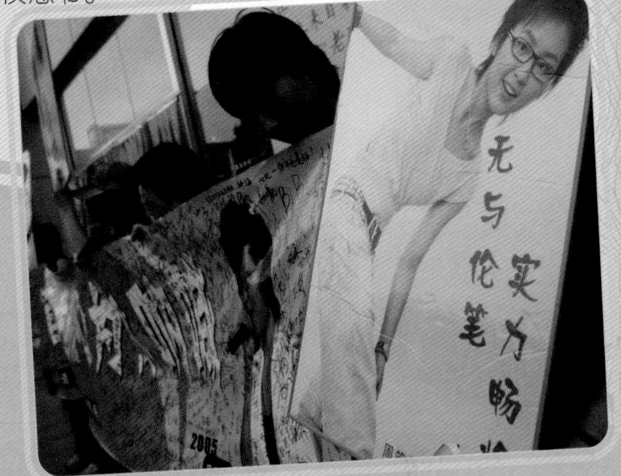

问周笔畅的每一个问题，她都会认真想一下，再来做答，即使这个问题已经回答了十几遍。她说话很慢，答案也非常短。也许，你再逼她，她只有唱歌了。

说话害羞而唱歌却深情款款，从这一点上说，周笔畅确实很像周杰伦。2002 年夏天，周笔畅曾代表深圳市歌迷去广州参加周杰伦歌迷见面会。在 300 多名歌迷中，她被一眼相中，受邀上台与“小天王”共唱《龙拳》。现场，周笔畅将周杰伦的台风学得惟妙惟肖，连周杰伦都称赞她“唱得真不错”，台下歌迷也评价：“像极了原唱。”从此以后，“女版周杰伦”的称号便传开。

尘埃落定，回过头来看超女广州赛区时候的周笔畅，晕哪，穿着西装，头发胡乱扎着，薄薄的质地，圆脸庞涂得白白的，茶色眼镜，年龄模糊，气质模糊，唱那首让人惊为天“声”的《解脱》。

从海选时的《普通朋友》到 8 月 26 日的《万水千山总是情》……没有一首歌不使人激动。20 进 10 的《解脱》，总决赛 6 进 5 的《MELODY》，8 进 6 的《爱我还是他》……周笔畅用独特的“笔式风格”深深地打动着观众，越来越成熟。

周笔畅没有何洁的活跃张扬，也没有张靓颖的孤傲冷艳，更没有李宇春的大姐大风范和潇洒干脆，甚至还赶不上纪敏佳的挥洒自如。但是，她那淡定的笑容，知性的台风，越听越有味的周氏唱法，还有略带书卷味的不俗气质，眉宇间透露出自信和忧伤，还有时不时透出的似笑非笑的坏坏的表情……这些小小的元素，都构成了歌迷发自内心喜欢她的理由。

哎，没办法，还有的歌迷就因为她长得像机器猫一样可爱而迷死了她，你能怎么说呢？

百度贴吧上，笔迷们细数笔笔的温情细节——自从易慧、李娜 PK 的那一场开始，越来越多人加入到笔迷的队伍中来，其中很多都是在目睹笔笔为两位广州选手伤心哭泣的瞬间被感动而爱上笔笔的：

在评委宣布她可以直接晋级时，她除了说谢谢，还给评委深情鞠躬，在主持人李湘恭喜她直接晋级时，她也感恩地鞠躬了。

在何洁上台演唱《故乡的云》时，是她体贴地帮何洁拿过投票板；

在主持人宣布所有选手可以回头看大屏幕的票数排名时，李宇春第一个回头，只有周笔畅，她只注视着被淘汰的好伙伴黄雅莉，根本没有回头。

网上有传言，周笔畅是超级女声主办方力捧的第一个明星，虽然湖南方面一直否认，但从不上 PK 台的她，的确是一直在短信投票和评委评分方面双线飘红。

与周笔畅面对面之后，我开始想一个问题——周笔畅何以长成今天的周笔畅？

第二站：尘埃落定

“超女”落下帷幕，周笔畅摘下亚军的桂冠时，记者再度找到了她。

很多同行记者在比赛之后，纷纷把MSN的名字改成“终于结束了”，但我知道，关于超女的话题还远没有结束，正如这三个、甚至是更多女孩子们还会在相当一段时间里成为媒体和公众关注的焦点。很多记者在星期六离开了长沙，依然留守的记者本以为终于能有机会好好采访采访李宇春、周笔畅或者张靓颖了，但依然未能如愿。

“笔笔的爸爸妈妈带她出去吃饭了，她们三个辛苦了这么久，该放一天假了。”天娱公司的人这样对记者说。周笔畅情况还算好，至少知道她的行踪，但李宇春和张靓颖压根没了声息，连助理也一并消失了。在不懈的努力下，也在天娱公司工作人员的尽力帮助下，周六晚上，记者终于联系上了周笔畅本人。

“晚上好。”周笔畅还像往常一般有礼貌，电话里的声音听起来比现场更清脆些。

“你觉得自己现在是明星了吗？”为了不耽误笔笔和家人团聚的时间，记者直接切入主题。

“呵呵，当然不是，我还是原来的我，和以前没什么大区别，只是多了很多喜欢我的人，也有了更多认识我的人而已。”

“那从三月份广州初赛一路走来，你自己就没有一点变化吗？或者说你在这半年中学到了什么？”说起这个话题，笔笔似乎相当感慨。她告诉记者：“这半年里我最大的收获就是新交了很多朋友，有的是一起比赛的选手，有的是喜欢听我歌的朋友。我想我可能永远都忘不了这半年的经历和在此过程中认识的人。”

除了朋友，笔笔表示她最大的收获就在音乐上，“一直以来都有这么多老师在给我们评点，或者教我们唱歌，在音乐上我的收获很大。包括我的唱功和对音乐的理解。”同时，在性格上她也获益匪浅。

“我还感觉自己的社交能力提高了很多，比如每天和这么多人在一起训练，还要接触这么多笔迷，我必须学会如何和他们更好地交流。而且在这个过程中，我也学会了如何让自己更加坚强。其实我是一个内心很热情的人，只是有时候不知道如何把这种热情表达出来，所以我喜欢对大家说谢谢，也喜欢向大家鞠躬，这是表达我内心真正感受的一种方式吧。”

笔笔告诉记者，自从获得了广州唱区第一名以后，在很多地方都能遇见认识她的人，有的要求和她合影，有的想要她的签名。

“但是我真的不感觉自己是明星。我也知道如果不是有这么多喜欢听我唱歌的人，我也走不到总决赛。所以我总是很耐心地去对待每一个人的要求。”

“那这会影响到你的正常生活吗？你还会怀念以前当普通人时的日子吗？”记者忍不住问。

“应该说，现在自由可能会受到一定程度的约束，但是能受到这么多人的喜欢，我觉得值得。至于以前的生活，我想你也会对以前某段时间的生活状态产生怀念吧？每个人对自己的过去都会有一种思念，而且一直以来，我参加过很多比赛，我相信我会把现在的这种变化处理得很好。”

“你对未来的生活有什么打算呢？会继续学业吗？会因为已经进入娱乐圈而对你在学校里的学习计划作出调整吗？如果公司的活动安排和你的学习冲突怎么办？”

“我绝对不会影响到学业的，在星海音乐学院的学习也肯定要继续下去。至于将来的计划，我相信我的公司会为我安排得很好。我也曾经关心过这个问题，现在我知道的是，一般情况下公司不会轻易中断我的正常学习，如果实在有需要，公司也会和学校协调，落下的功课会有老师替我补上。至于专业方面，在学校的正常学习不会改变，但公司方面肯定会出于他们的角度和要求，对我有一些包装和培训的计划，具体的现在我也不太清楚。”

“那你回到了学校，没有了现在这样严密的保安措施，你不担心会有你的歌迷冲到学校里甚至教室里去找你吗？这样会不会影响你的正常学习。”

“我想不会有这样的情况发生的。所有关心我的人都会给我一个安静的、继续接受教育的环境，而学校和公司方面，也应该对一些特殊情况有所防范吧。”最后，笔笔透露，马上就要去参加《快乐大本营》的节目录制。

同样的问题，周笔畅的应对更加自如，但她的基本想法依然没变，要学习，要低调，要唱歌。

第三站 广东家乡

寻找周笔畅，我来到了她的老窝——广东。周笔畅的妈妈一听到电话里喊她“笔笔妈”，便格外开心。她邀请记者来到家里，给我看了她小时候的照片，也第一次向记者透露了参加超女以来女儿的三大“变化”，让人备感意外。

笔笔妈自述

你们都管周笔畅叫笔笔，其实我们从小都叫她畅畅。她是1985年生的，当时都怀孕4个月了我也不知道，在不知情的状况下生病吃了药，医生问我们要不要把这个孩子生下来，我和她爸爸坚决地要她。后来，孩子出生的时候，他爸爸在外面等着，着急啊，一看护士出来了，赶紧跑过去问，孩子长得还没有问题吧？护士小姐奇怪了，这个老爸，怎么这么问！

母子平安！护士大声地告诉他，说你家的孩子哭得声音特别大，还手舞足蹈的，放心吧！

周笔畅从小到大，很少让我和她爸爸操心过。她的学习不是特别拔尖，但也从来不差，老师说她聪明，就是不能在书桌前面安下心来。她每次写作业都要听音乐，要不就写不出来，结果倒好，考试的时候没音乐了，她就发挥不好了。

她其实也跟普通的孩子没什么两样，放学回家，书包往沙发上一扔，要么看电视，要么进她屋里，吃饭的时候才出来，我问她今天学校发生什么事情啊，她也不说，唉，孩子长大了就这样。“能有什么事情啊？”她嘴一噘，还挺有理的。从小让我这个做妈妈特别骄傲的，就是她的善良。她有一次中午放学回来跟我说，路上有人跟她借钱打电话，她把身上的15块钱全给对方了，她就是这样，从小对谁都好，非常单纯。

其实呢，我也跟其他记者讲过，她爸爸一直希望她将来能做记者或者是作家，所以给她取名‘笔畅’，也就是文笔流畅的意思。可后来她却偏偏喜欢上了音乐，也许是遗传吧，我们家里从事文艺工作的很多。她考星海音乐学院时文化课的分数都能上“一本”大学了，但她就是要走音乐这条路。

学校在广州，每到周末都要回家，回来买碟。她买的歌碟，全部正版，花费了不少钱，深圳没有的，她就去香港买。现在家里累计古今中外的歌碟有4500多张，我给她算了一下，她每周回一次家，来回路费两百，加上买东西，都要花上1000块钱。过一段时间就问我，老妈，咱们什么时候去香港呀，我就知道她要买碟了。

这个孩子挺自由的，真的，从小到大没怎么管她。唯一打她的一次，是小学。我也忘了什么事情了，上课讲话吧，我回家用水管打她屁股，本来想她认错就算了，吓唬她一下，没想到这孩子就是不哭，打死也不哭。她爸回来心疼啊，屁股都打红了，太倔了！

周笔畅参加“超级女声”以后，我倒发现她和以前比变了，长大了很多。

以前周笔畅不太会说话，在舞台上唱歌时倒挥洒自如，一轮到主持人采访她，她就什么也说不出来。我说你怎么回事啊，她说我也不知道，就是大脑一片空白。见到陌生人，她更不行，害羞。在“超级女声”里，我倒发现她越来越能说了，挺不错的。

现在她见着我，会坐在我腿上，跟我聊天说话，真的像个女儿了。以前呀，走在马路上，大摇大摆地自己走自己的，也不理我，我说女儿呀，老妈子走不动了呀，她才嘿嘿一笑停下来等我，抱着我撒娇发嗲的时候更是从来没有。

现在我还发现她会哭了。真的，你们看见她在电视上掉几次眼泪，我就差不多看见几次，会感动了。以前就跟个男孩似的，你想啊，打她都不哭。“超级女声”这个节目真是厉害，让她一下子长大。

你们记者总问我，以后周笔畅什么打算，我们当父母的会尊重她的意见，给她自由空间，她说她要出国学 R&B，我说可以啊，没问题。

后　记

在广州星海音乐学院，周笔畅的母校。她的导师罗洪带记者参观了上课的教室，那里有一个小小的舞台，只有 6 平米左右，像卡拉 OK 的点唱台。罗洪说这便是周笔畅上课的地方，舞台是给学生们找感觉的。

显然，这个夏天，从这个红色的点唱台走出去，周笔畅已经找到了她人生更大的舞台。

张靓颖

摄影：陈征

张靓颖：她用灵魂在歌唱

深夜的“兰桂坊”，月色和路灯把只剩半边的霓虹灯招牌照出些许破旧。它是附近仅有的一家酒吧，远离城市新兴的酒吧中心，斜对面是人民公园。

三年前，坐上成都的出租车，你只要说“去兰桂坊”，司机决不会问你第二句话，直接载你到人民公园对面。如今，年纪稍轻的司机会摇头皱眉地说“没听说过这个地方”，这个开了十年的酒吧对他们来说过时了。

从张颖到张靓颖

在闲适的蓉城，茶馆和酒吧这两个地方按照白天和黑夜的划分“占有”各自的顾客。和许多时尚的新酒吧不同，“兰桂坊”的客人主要是一些年龄偏大的老顾客，喜欢安安静静地听歌。

狭长的过道，宽敞的后台，舞台已经延伸至原先的座位区，“兰桂坊”的生意近两年不尽如人意。在这里找寻张靓颖昔日的工作痕迹并不容易，连吧台的调酒师和穿黄色制服的服务生都没有赶上她驻唱的那段日子。只有老客人和驻场乐队——触摸（Touch）乐队还记得那个一兴奋就会出“海豚音”的女孩子。

尽管张靓颖和纪敏佳都在 2002 年先后来到“兰桂坊”，她们的“出场方式”却不相同，纪敏佳是毛遂自荐“闯”进来的，而张靓颖的出现纯属偶然。

2002 年底，一位朋友坚持要让触摸乐队的吉他手厉运涛去听一个女孩子唱歌，一直想为酒吧找一个新面孔的他跟着朋友去了。他已经忘了那时台上的女孩究竟唱了什么，只记得唱完后，他立刻去后台找她，希望她能到“兰桂坊”来唱歌。

作为乐队成员以及酒吧的经营者，厉运涛挑歌手会从唱功、台风和外形多个方面衡量，眼前的这个女孩拥有太棒的音乐天赋。当时，在成都有大乐队伴奏的酒吧仅“兰桂坊”一家，女孩欣然接受了邀请。

女孩叫张颖，也就是我们现在所知道的张靓颖。这段改名的经历显然鲜有人知道，触摸乐队是今年超级女声成都赛区的全程伴奏乐队，厉运涛拿到排练名单时，完全没想到上面的“张靓颖”就是曾经的“张颖”。直到排练当天，那声熟悉的“涛哥”才让他回过神来。

张靓颖在“超级女声”一战成名后，很多人都问厉运涛一个问题：“张靓颖是不是很难相处？”因为舞台上的她总是带着淡淡的表情，有人说她只唱英文歌的做法太自我。这个被张靓颖亲切地称呼为“涛哥”的人说，他从来没有这种感觉，以前两个人在后台候场的时候，他总是一边弹琴一边和她聊天，他甚至觉得这个女孩有点疯疯癫癫的。当然，性格中热情的一面只有和她熟悉的人才看得到。

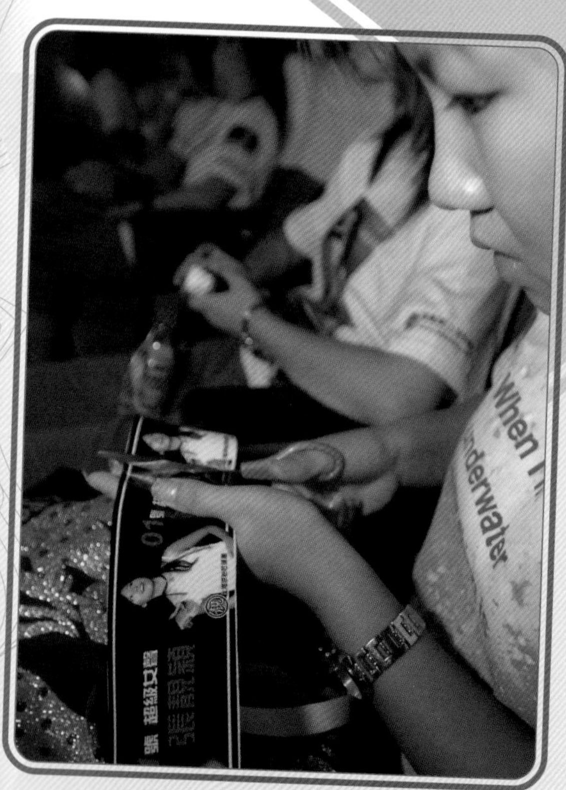

摄影：陈征

在“兰桂坊”众多的歌手中，张靓颖的人气一直都很高。她的工作量是每晚唱四首歌，但客人经常都会要求encore。这时，乐队就会和张靓颖商量能否多加唱一首，满足客人的要求，心情好的时候她会答应，有时候她也会拒绝，因为“要保护嗓子”。

很多老客人至今还记得声音清澈明亮的张靓颖，他们最期待她兴奋时直达人们心底的“海豚音”，每次她唱出“海豚音”，台下总是掌声不断。去年，酒吧9周年庆时，张靓颖还回来献歌。

2005年，当她以“超女”的身份再次出现，大家仍然忍不住要为她的唱功鼓掌。只是，大家发现那个张颖不再唱中文歌了。而曾经，那首莫文蔚的《阴天》是她最经典的曲目。

每一个酒吧歌手都会遇到同样的困惑：如何和客人和平友好地相处。张靓颖曾经说过：“我不喜欢跟舞台以外的人交流，上去唱，唱完就走。”在“兰桂坊”，她和客人礼貌地打招呼，但是对客人敬的酒，她从来不喝。每当敬酒的场面争执不下的时候，往往都是厉运涛挺身而出替她干了，这些老客人也就只能作罢。

张靓颖每晚的出场费是80元，这个价格直到现在还是成都酒吧的均价。收入不算高，好在她的花销也不大，很多CD都是在电脑上刻录，“她知道自己不会在这行干很久。”厉运涛说。

在“兰桂坊”唱了两个多月，张靓颖提出要加工资。于是，她每晚90－100元的收入成为“兰桂坊”身价最高的歌手。

张靓颖对嗓子的爱护有加。她和那些每晚赶几个场子的歌手不一样，只在“兰桂坊”和“音乐盒子”两个酒吧唱歌，一、三、五唱这边，二、四、六唱那边。因为私交的缘故，张靓颖对于“音乐盒子”的感情更深，唱的时间也更久。

她是一个没有故事的女孩，厉运涛这样评价张靓颖。总结起来就是几条：不爱和陌生人说话，不爱扎堆，对音乐有极高的领悟力，爱嗓子如爱命，讨厌化妆。

对于张靓颖的成名，厉运涛一点都不感到意外，他只是觉得这一天来晚了。

没有化妆品的驻唱歌手

2005年“超级女声”的舞台上狂吹“中性风”。在前三甲中，无论是外形还是声线，只有张靓颖能被称为有“女人味”。她的英文歌和独特的气质，为她赢得了庞大的“凉粉”后援团。

听张靓颖唱歌，你很难判断她的年龄，她的歌声远比年龄成熟。“凉粉”送给她的一枚戒指是她最喜欢的礼物，上头有一只可爱的老鼠。是的，属老鼠的张靓颖只有21岁，还是四川大学外国语学院的在读学生。记得成都赛区的时候，顺子曾经给她出过一个难题：让她用不同的语言表演一回，结果她从英文歌、法文歌、西班牙文歌、粤语歌、国语歌一路唱下来，让顺子也大呼过瘾。

事实上，在参加“超级女声”之前，她的演唱履历表上已经有很多亮点：1998年成都市“爱浪杯”歌唱比赛亚军，2003年全国大学生“统一冰红茶”歌手大赛成都赛区第一名，2004年全国大学生“统一冰红茶”歌手大赛全国总决赛冠军、"京都念慈庵"PUB 歌手大赛全国总冠军。

黑楠曾经说，张靓颖站在台上很孤傲，虽然唱得不错，但是人不谦虚。我们宁愿相信是生活的磨练让这个女孩儿变得坚强，她在学着保护自己。从小在单亲家庭长大，15 岁跟着搞音乐的姨夫出去唱歌，张靓颖所承受的生活压力比其他"超女"来得更早、更多。很多人都被这个故事打动：15 岁的小女孩白天照顾生病的爸爸，晚上照顾住院的妈妈。有一天她捧给妈妈一条煎干了的鱼，脸上满是愧疚，母亲不解地问鱼汤呢，她道歉地说："对不起，煎的时候睡着了。"

"我不喜欢化妆，也不喜欢高跟鞋。"在"超级女声"镜头前说的这些话都是大实话。酒吧歌手这一行很少有不化妆的，但她是一个例外。"兰桂坊"的负责人跟她谈过好几次，希望她和其他歌手一样化妆上台，她打开皮包，两手一摊："你看，我哪里有化妆品？"说完，照样素面朝天地上场。张靓颖喜欢运动装，她最常见的装扮是一条带亮纹的运动裤加上一件小背心，酒吧唱歌也是这么穿。

如果你看过张靓颖从成都赛区到总决赛的全部比赛，你应该会同意张靓颖适合清爽的淡妆。她唯一一次化浓妆是在成都赛区 50 强进 20 的比赛中，一首 Christina 的《I Turn To You》唱得游刃有余，有人轻声说："唇膏太红了"。之后所有的比赛，我们都看到了一个清新淡妆的张靓颖，唱《Beautiful》的女生自然知道怎么样才是最美。

被张靓颖唱红的歌有很多，"凉粉"的数量从《Beautiful》、《I Turn To You》到《Any man Of Life》一直都在增加。而公认的最完美的演出还是那首《Don'tCry For Me,Argentina》，一首更平民化的英文歌，用一种更简单而纯粹的方式来诠释，黑楠说出了所有人心中的震撼——"张靓颖用灵魂在唱歌"。

那么多才华横溢的"超女"，她们用热情打动我们，或者用感情打动我们。张靓颖属于后者。她不爱笑，性格倔强，脾气耿直。成都赛区 7 进 5 的时候，她曾经想要放弃，她跟好友抱怨这种赛制很折磨人，嗓子也难受。好在，她挺了过来。

总决赛结果公布的那一刻，她对周笔畅的耳语被所有人看在眼里，她说："终于结束了。" 我们笑了，这个女孩儿连悄悄话都不会说，难怪好友说她"有点笨笨的"。

采访手记：　张靓颖，最熟悉的陌生人

在各有特点的“超女”中，张靓颖是最特别的一位。我不是在说她只唱英文歌，我想说的是：想找她很难。

我们没怎么费力气就拿到了李宇春、周笔畅和纪敏佳家人的电话，可是事情到了张靓颖这里，突然变得扑朔迷离起来。关于她的采访很少，比赛现场摄影记者成堆的照片里唯独缺了她，她的电话也无从打听。我们尝试去找曾经采访过她的为数不多的记者，得到的回答也出乎意料的一致：我们不能给你她的电话，我们答应过她要保密，就连张妈妈的电话也没有漏口风给我们。

如此低调，她在超女中算一个另类。

尽管如此，我们依然来到了成都，希望能在这座她生活的城市里找到更多的讯息。因为我们深知：超女故事如果缺了张靓颖，一定不能算完整。

在成都，我们的确找到

摄影：陈征

了和她有关的一些人和事，音像店里挂着她的海报，在最热闹的面馆吃夜宵，一回头看见好大一幅某 KTV 支持张靓颖的广告，在机场我们还与一个自称是她亲戚的人擦肩而过。但这一切，给我们提供的素材还太少。

想要还原一个真实的张靓颖不是一件容易的事情。在她曾经唱歌的酒吧采访完后，我们又拿着一个不知真实与否的地址摸了过去。经验告诉我们，一个“超女”是否住在这里，从门卫的反应就可以知道。李宇春家楼下，我们只报了楼层，小伙子立刻接过话：是李宇春家吧？倒是我们自己被吓了一跳，仿佛动机一下子就被洞察。

下午 2 点，在这个老式的小区门口，门卫老伯伯的回答是：“张靓颖早就不住这里了。”好吧，至少，我们成功找到了她的家。

来到五楼，果然是铁门紧闭，门上插着一张小纸片：“家中无人住”，不知是张妈妈还是“凉粉”写下的。旁边墙壁上写着“凉粉”们的留言：“张靓颖，我们永远支持你。”显然，“凉粉”的脚步比我们快得多。住在她家隔壁的女孩说：“我住在这里三个月了，没看到（隔壁）有人住过。”住在隔壁却从未谋面，真是最熟悉的陌生人啊。

在这个老式的小区，我们遇到了她们的邻居，她们说自从“超级女声”比赛开始，张靓颖就没有在这里住，张妈妈也很少回来，偶尔回来这里拿一点东西。在她们印象里，张靓颖很少说话，不化妆的时候比电视上好看，倒是张妈妈脾气很好，和邻居们关系不错。得知我们是上海来的记者，她们很坦率地说，前一阵子家里没人住是假的，现在是真的不住这儿了。

我在成都经历了记者生涯中第一次的狗仔任务，终于领会了“帕帕垃圾”（狗仔）的苦恼。回到上海，同事断言：“《超级女声》将会培养中国大陆第一批狗仔队。” 如果你有她的手机号码或者她家中电话，请替我捎个口信：“张靓颖，我找你找了好久。”

摄影：陈征

超级腔调之无冕

“超级女声”的“后遗症”，也许你已经或者正在经历着。多年以后，我们依然会怀念那些充实而又充满悬念的周五夜晚，大众评审和短信支持左右着我们不安的情绪，生平第一次奶奶和我有了共同感兴趣的话题……

这场席卷 2005 年夏天的平民造星活动，以它当仁不让的影响力再定义 PK 一词。代表网络游戏中血腥厮杀的 PK 被“移植”到了“超级女声”的舞台上，PK 台上的短短几分钟（上 PK 台，清唱一曲，留下或者离开）记录着眼泪与倔强，不甘与坦然，台上与台下的种种真实。

何洁

2005 年“超级女声”第四名，贵阳人。

目前就读于四川音乐学院通俗音乐专业。

1999 年获贵州“99 明星挑战赛”第一名并代表贵州参加北京《欢乐总动员》模仿秀单元，2004 年参加“靓丽多”选拔赛进入全国 8 强，首届校园歌手英文歌大赛“一等奖”。

纪敏佳

2005年“超级女声”第五名，成都人。

毕业于成都电视电影艺术学校的电视电影艺术中专班。

2004 年“超级女声”成都赛区第四名。

摄影：王东晖

2005 年《超级女声》第七名，福建政和人。

毕业于北京电影学院表演系。初中起就显现出极高的文艺天分。初中毕业后叶一茜考上福建艺校，主修声乐。毕业后到福州省歌舞团实习了一年半。之后，叶一茜考上北京电影学院学表演。

何洁

何洁：笑意盈盈永动机

笑，是不想让爱她的人难过。

听到的永远是她的笑声，哈哈哈，即使眼中已经落下了泪水，嘴角眉眼当中仍然是笑意盈盈。

她的粉丝亲昵地把她称作“洁宝宝”，极尽宠爱。

何洁在5进3的时候被淘汰，是在“超级女声”比赛中被淘汰的最后一个选手，她说那时全国总决赛被淘汰真的已经无所谓了，因为觉得到了这个时候，她们当中没有一个人是差的。

当大众评审投票的时候，她的粉丝——“盒饭”们已经嗓音沙哑，泣不成声，一遍一遍高声喊着“何洁”，当最终何洁被淘汰时，她依然是微笑，在完成那个既定的煽情环节——读信时，她依然笑声爽朗，或许她忍住了泪水，只是不愿意让爱她的人难过。

“终于可以回家了。”这是从PK台上下来的何洁对记者说的第一句话。

比赛持续了那么久，她也离家那么久。有一次回家，妈妈非常希望她能够留在家里睡一晚，好好陪着说说话，母女俩拉拉家常，说说体己话，即使不说话，妈妈也想好好地看看女儿，看看是瘦了还是胖了，有没有变漂亮……但是那一天何洁让妈妈失望了，她只在家里呆了20分钟。

比赛走到这一步，她们当中，没有一个人是差的，何洁把自己的师姐李宇春托付给“盒饭”们，而她带着她的笑离开了舞台，她说让她最开心的就是终于可以回家了：“我已经很久没有见过爸爸妈妈还有同学了，我想他们。”

不过，在那天比赛之后的第二天，她就作为神秘嘉宾出现在了《快乐大本营》的舞台上，为何炅的拉票会出一把力。何炅新专辑里一首挺重要的歌曲《想》，邀请了何洁来做 MV 女主角，那还是在刚刚选出十强的时候，何炅说这个女孩子和自己挺投缘的，所以特别想给她一点机会。只是时至今日，何炅也笑着开玩笑道，现在变成了沾何洁的光。

让何洁最开心的能够回家的梦想还是没能实现，既然她在“超女”舞台上实现了被万人欣赏、万人崇拜的音乐梦想，那么，自然地，她也要付出点代价。回家的梦想，或许只能无限期地被搁置了……

可以成为李玟接班人的“巨星”

何洁的魅力在舞台上，只要她一上舞台，就会全场沸腾，因为她本身就像一个插上电的马达，动力十足，她还会把这股动力发散到全场，让每个人都如着了魔般的疯狂。

全国总决赛 5 进 3 的时候，“感动妈妈”是其中一个环节，在何洁面前表演的是张靓颖，张妈妈说的话特别感人，当时现场的气氛就在一片唏嘘动人当中，但何洁上场，一首《谁与争锋》就把现场情绪直线上升，所有人都 HIGH 到顶点，所有人的手跟着她一起摆动挥舞，现场气氛热烈到极点。

细胞里都充满了音乐——音乐老师是这么评价她的。

确实，在她还只有11个月大的时候，只要一听到音乐，她就会停止哭泣。3岁的时候，一听到音乐就会跟着音乐咿咿呀呀地哼唱。4岁的时候，一听到音乐，就会跟着节奏起舞。这个来自贵阳的彝族女孩说："我从小就喜欢唱歌，喜欢音乐。"

她常常参加各种各样的唱歌比赛，一些当地长期跑音乐的记者脑中有过一些模糊的印象，此前，在当地举办的一些电视音乐互动节目或大大小小的音乐比赛中，经常可以看到这个一笑起来眼睛就眯成一条缝的女孩。

何洁13岁的时候就参加了一个电视模仿秀比赛，是妈妈亲手为她缝制的演出服装，但"小魔女"的帽子太大，她一边在台上演唱一边得扶正帽子，不过没人觉得别扭。相反，她还遇到了伯乐。她在台上的亮相吸引住了一位评委的眼光，这就是后来把她领进音乐之门的启蒙老师。也正是这样一段经历，让何洁渐渐地坚定了自己要走音乐之路的信念。

她去考四川音乐学院的时候，演唱的是李玟的快歌。她在"超女"比赛的时候也唱李玟的歌，在柯以敏的嘴里，她一直都认为，这是一个可以成为李玟接班人的"巨星"。

足够高的评价。

而在今年"超级女声"的时候，何洁在川音接受正规的音乐训练，才只有短短的一年。

在老师的眼里，何洁唱歌绝对没问题，理论中等，但乐理和钢琴还过不了关，只是“超女”之后她要再回学校来上课已经是不太可能的事情了，后面的一切，都得靠她自己去学习了。

很多人都觉得何洁是个“大笑姑婆”，大大咧咧，永远不知忧愁为何物。但是她音乐学院的老师却透露，何洁其实是个有双面性格的人，她在舞台下面虽然也喜欢笑，但并不是那么多话的一个人。不过她那永远可以眯成一条缝的眼睛里面有东西，这是一般歌手不能达到的境界，她的眼睛会说话，音乐老师对此特别骄傲。

她现在已经成了让学校骄傲的人物，新学期报到那一天，学校还特地为她们举办了一个欢迎会，横幅是“欢迎李宇春、何洁载誉归来”。如果何洁没有时间来学校上课，学校也会安排时间给她开小灶。

和李宇春的姐妹情深

何洁走上 PK 台的时候，她还是笑着，倒是李宇春，已经哭了。

当何洁不敌张靓颖，被淘汰之后，李宇春抱着何洁，哭得非常伤心，哭了很久很久，让人不忍。

她们两个，就是同门师姐妹，关系很好。

而说到底，李宇春的冠军还有何洁的功劳呢。

当时去报名《超级女声》前，何洁去征求余政仪老师的意见，老师对她说这种比赛对艺术院校的学生来说并不算特别，如果想去就可以去。同时老师也告诉她师姐李宇春也报名了，所以她们相约一起去，2005 年 5 月 15 日，她俩一起来到了海选现场。但是报名现场超过 4 万人的庞大阵容让内向害羞的李宇春有些望而却步，长达两个多小时的等候时间，更让她开始打了退堂鼓：“要不我先回去了吧？人实在是太多了，4 万人啊，太恐怖了！”但是倔强的何洁没有让李宇春“得逞”，她拉着李宇春说：“来都来了，不能让你走。”

“但是我身份证都没有带。”

“那你能背得出号码吗？”

“能。”

“这就行了。”

就这样，师妹把师姐推上了“超级女声”的舞台，成就了一个冠军。

而获得第四名的何洁，也会有一片属于自己“想唱就唱”的舞台，就像她自己在 PK 台上下来之后所说的“我永远不会放弃自己的音乐之路！”

纪敏佳

纪敏佳：为什么PK的总是我

小学三年级，语文老师给全班布置了一篇作文——《我的梦想》。回家后，纪敏佳用铅笔工工整整写下自己的憧憬：我要当毛阿敏。第二天交了上去。几天后，纪敏佳满心欢喜地打开作文本，老师的评语像一盆冷水："请你脚踏实地，不要空想。"旁边赫然两个红色数字：30分。

那一次低分，纪敏佳隐约知道"歌星"这个职业有点不讨人喜欢，因为身边写"科学家"和"解放军"的同学都拿了高分。

她没想过，十几年后，她真的和毛阿敏站在同一个舞台上献歌。

怎么也不是

问你一个问题，你是如何记住这些"超女"的？

你的回答应该和下面的相差不远：李宇春的那些小动作利落帅气；周笔畅是卡通版的女陶喆；张靓颖的海豚音打动了我；叶一茜是个太标准的美女；黄雅莉忘词比不忘词的次数多……纪敏佳嘛，她总是上PK台。

PK台是这样一个地方，如果李宇春站了上去，诧异和不满一定比你能想像到的还多；如果纪敏佳站了上去，多数人的反应是默认。

尽管大家都承认她是实力唱将，评委黑楠也毫不掩盖对纪敏佳的偏心，但是纪敏佳一路走来人气始终低迷。大家逐渐习惯了她的PK三部曲：上PK台，清唱一曲，顺利晋级。对这个23岁的成都女孩来说，"想唱就唱"的大舞台还特别包括那个透明的PK台，难怪她会在PK台上神情自若地笑着说："今天我又PK了。"言语中习惯的成分已经盖过了失望。

在总决赛中，她先后淘汰郑州赛区的冠军朱妍和长沙赛区冠军赵静怡，"PK

王”的称号从此传开了。和赵静怡PK的那场，被她叫作“小猴子”的赵静怡哭得泣不成声，她却只给大家看到了坚强的那面，事后她告诉父亲：“我心里也在流泪，怕控制不了情绪。”8月12日，当她和可爱的黄雅莉对决时，一曲《I WILL ALWAYS LOVE YOU》为她赢得了大众评审的同时，那个自信的握拳动作却又把她推入了“好胜心太强”的指责声中。

纪昌明最感动的一次是听女儿唱《我是一只小小鸟》，“想要飞却怎么样也飞不高”的小鸟仿佛就是女儿的缩影，那句“骑上了枝头却成为猎人的目标”更是让他为女儿参赛来承受的种种压力感到心酸。他想起女儿几天前在电话里对他的诉苦：“虽然我台上不哭，但是回寝室后我要好好哭一场才舒服。”

只有在至亲的家人面前，纪敏佳才会流露面对PK的恐惧，她向爸妈坦言：“哪个愿意总上PK台，一不留心就下去了。”于是，8月19日，“PK王”最终还是倒在了PK台上，纪敏佳以一票之差败给了何洁，结束了第二次的超女旅程。

她的离别感言是这么说的：“今天我就要离开这个舞台，一路走到这里很不容易，很多人都说我很坚强，从来都不哭，那是我不想让喜欢我的人看到，在这个时刻我不想哭……”

若论唱功，“超女”中能和她一较高下的不多，若论长相，她虽然比不上容貌姣好的叶一茜，但五官也和丑沾不上边。对纪敏佳的争议集中在她的唱法上，喜欢的人说这女孩子唱得大气，不喜欢的人说这样的唱法只能在10年前流行。显然，一个女陶喆和一个女腾格尔，前者更有人缘，至少在超女的舞台上是如此。

对于女儿成为PK台上的常客，纪昌明有自己的想法。“有人说纪敏佳长得不好，我不这样认为。她的支持率低主要是几个原因，第一，有人说她是湖南卫视安排的PK杀手，别人觉得有黑幕；第二，她淘汰的人太多了，喜欢那些人的粉丝都很反感她，当然不会投她的票。还有，成都媒体宣传得太少了，提到她也只有一句话。”

2005年的“超级女声”当之无愧是“成都军团”的天下，从“成都十强”公认的个个实力不凡，到总决赛中成都选手一口气包揽了前五名中的四强，大家都在心里嘀咕：怎么会唱歌的女生都跟成都有关？

尽管2004年参加“超级女声”拿了成都第四名，但直到2005年参加总决赛纪敏佳还一直被认为是杭州人。在杭州赛区跌跌撞撞最后拿下冠军时，纪敏佳的成都乡亲都忙着为李宇春、何洁和张靓颖加油助威，却没料到原来杭州赛区的那个冠军也是自己人。直到总决赛开始，纪敏佳成都人的身份才慢慢为人所知。

瘦给你们看

成都的人民公园，休闲城市中最休闲的一个去处，这里的茶馆堪称成都一大特色。纪昌明指着身后不远的林荫小道说：“去年比赛结束后，纪敏佳就坚持在公园里锻炼身体。”

既然你们说我胖，我就要瘦给你们看，这就是纪敏佳的倔强。冬天，她坚持在公园跑步，有时父亲让她休息一下再跑，她口中念着“再瘦再瘦”却不会停下脚步。在杭州赛区，我们看到晒得黝黑的纪敏佳，这是她游泳的结果。因为溜冰，她已经摔破了几条牛仔裤。

纪敏佳练歌需要绝对的安静。只要女儿的房门紧闭，纪昌明就知道女儿在练歌，饭做好了只能叫她一遍，等她练完了自然会出来吃饭。一般，纪敏佳在前一天晚上就定下第二天要练习的歌曲，如果今天练得好，她就会在饭桌上唱给爸妈听。父亲虽然不是专业人士，但会吹笛子和口琴，偶尔也会给她一些建议。

今年“超女”开赛前，纪敏佳跟父亲商量报名的事情，向来支持女儿歌唱事业的父亲这次投了不赞成票，说：“没得参加头。”在他看来，女儿在成都乃至四川省已经小有名气，这两三年和毛阿敏、齐秦、费翔、赵本山等大牌明星同台演出，已经完全具备了一个晚会型歌手的素质，没有必要重复参加一个选秀比赛。

女儿率直的个性是否适合商业选秀？声音究竟是不是起决定性作用的？这些都是在纪昌明心中萦绕不去的疑问。他的担心不无理由，去年，纪敏佳在成都赛区直播现场一语惊人，那句脱口而出的“到底是选美还是选歌手？”至今仍是许多人记得她的原因。也正是因为这句话，原本票数一直处于第三的纪敏佳，最后只拿到了第四。

然而，不久后，纪昌明接到女儿打来的电话：“我拿到 pass 卡了，进入 50 强了！”原来，去上海参加演出的纪敏佳最终还是没能逃开“想唱就唱”的诱惑，本来跑去杭州找同学的，结果却成为了杭州三万多名报名者中的一员。眼见女儿轻而易举进入 50 强，纪昌明的态度也有所改变，他关照女儿：“那就好好比，比完了再回成都吧。”没想到，这一比就比了三个多月。

总决赛进行到 8 进 6，人民公园成为了纪敏佳的“根据地”，“成都军团”里只有纪敏佳在公园举行拉票活动是不收费的。纪昌明在人民公园散步或是去菜场买菜，时常有陌生的中年人走过来，对他说：“我支持你们家纪敏佳，我发短信支持她了。”纪昌明追问：“怎么发的？”对方一脸茫然：“就和平常一样发啊。”纪昌明总是先道谢，然后告诉他们白白浪费了感情和短信费，因为他们没有按照规定的方式投票。

这也许就是喜欢纪敏佳的人们，他们相对稳重，不太愿意掺和到短信和拉票中去，手机对于他们永远只是通讯工具而不是支持通道。纪敏佳非常清楚这一点："这是没办法的事，很多叔叔、阿姨喜欢听我唱歌，但他们都不会发短信。我的歌迷都是理性的。"最简单的例子，一帮超女们去接听歌迷电话，打电话给她的永远都是叔叔阿姨辈的，而旁边李宇春和何洁都在电话里称呼"弟弟"、"妹妹"。

今年"超女"比赛中，纪昌明考虑到人气因素曾经要求女儿也"动感"一回。别人都说女儿不会跳舞，但他清楚记得女儿又蹦又跳唱歌的模样。只是，那些都是四五年前的事情了。纪敏佳一口拒绝了父亲的要求，她反问道："你看到宋祖英跳过吗？李娜跳过吗？彭丽媛跳过吗？"父亲了解女儿的脾气，再也没有提过跳舞的事情。

就是想成名

等待成名不光是纪敏佳的事，更是纪敏佳全家的事情。几年前，纪昌明曾经对女儿说："有一天，你如果真的成名了，一定要回去找那个接生员。"1982年6月30日，成都市第一人民医院的接生员抱过刚出生的纪敏佳，惊奇地说："这个娃儿声音好大哦，将来要是当歌唱家，准能走红。"这一句说者无心的话，纪昌明一直记到现在。

两岁的时候，小敏佳去妈妈上班的百货公司玩，柜台里的玩具狗、漂亮衣服她都是只看不爱，却趴在那架上海产的儿童钢琴前面不肯离开。纪昌明当时每月的工资只有三十多元钱，那天却买下了这架24.8元的儿童钢琴，这是他对女儿歌唱事业的第一笔投资。

等到成都的商场运来了日本进口的第一批电子琴，纪昌明拉着女儿花了2000多元钱买下了一台卡西欧电子琴，还把女儿送到专门的电子琴培训班去上课。给纪敏佳上课的老师是从上海音乐学院声乐系退休的杜老师，纪敏佳良好的乐感就是从杜老师手里培养起来的。一年半后，原本35个琴童只剩下5个，纪昌明干脆把老师请到家里一对一给女儿上课。课上了两年，纪敏佳头一次在家里自弹自唱，纪昌明听完后只说了一句话："终于见效了。"

初中毕业考高中前夕，纪敏佳突然跑到父亲房间说："我想做电影演员。"纪昌明愣了一下，他告诉女儿，要考北京电影学院这样的正规学校必须要等到高中毕业。几天后，当他在报纸上看到"电影电视艺术学校"招生的消息后，想也没想就替纪敏佳报了名。

艺校第二年，四川音乐学院的教授来"找苗子"，临走前说："我在全校发现了两个人才，一个是次高音，另一个是女中音——纪敏佳。"校长找到纪昌明长谈了一次，希望父母能全力培养纪敏佳。纪昌明回忆说："校长说得很清楚，关键是上小课，不上小课的歌唱家是很少见。"于是，这个普通的工人家庭每星期都请老师"开小灶"，45分钟的课程本应收费100元，对家境困难的纪敏佳，老师只收一半的价钱。

2000年，18岁的纪敏佳参加亚洲音乐节的新人歌手大赛，这次正规比赛让她大开眼界，"从初赛、复赛到决赛，每一次比赛都换一批新的评委，都是很专业的评委。"她最后拿到了铜奖。

在全国第10届青年歌手大奖赛上，她拿了四川专业组优秀奖。评委告诉她如果有原创歌曲她能取得更好的名次，买一首原创歌曲大约需要3.5万元，但是她拿不出这笔钱。

做一名签约歌手，出自己的唱片，纪敏佳在三四年前几乎就要实现了自己的梦想。当时，曾经成功包装满江和白雪的北京天星文化娱乐公司找到成都要签下纪敏佳，学校答应放人的前提是"必须搭上十来个人"。天星公司那时在筹备一支舞蹈队，答应了学校开出的这个附加条件。于是，纪敏佳离开成都去公司在汕头的基地试训三个月，纪妈妈几乎每天都要打电话，不放心女儿独自在外生活。正式签约的时候，纪敏佳的妈妈犹豫了，她不希望女儿这么早就闯荡社会，这张三年的合约就此耽搁。事后，纪敏佳曾埋怨过妈妈“拖了自己的后腿”。

2002年初，纪敏佳毛遂自荐来到“兰桂坊”酒吧，一首《保镖》的主题歌《I Will Always Love You》让酒吧的老板决定留下这个毫无表演经验的女孩。扎实的唱功和一颗爱音乐的心弥补了纪敏佳在舞台经验上的不足，酒吧很快就把她作为主打歌手培养，安排她和毛阿敏、齐秦等大牌明星一起演出。尽管在她身上投入了很大的精力，但最后“兰桂坊”还是放弃了。“她的问题出在台风和形体上。”酒吧老板的话一针见血。

在“兰桂坊”驻唱时，纪敏佳每月收入是1500元，这时候她已经是家里的经济支柱。几个月后，她离开了“兰桂坊”和另一个女孩组成了乐队，朋友们戏称她们是“合肥”组合，因为两个女孩子都胖乎乎的。再后来，她去了上海发展。

参加“超级女声”比赛前，纪敏佳每个月平均唱一两场晚会，每场收入三千到四千元。如今，纪敏佳的出场费据称已经飙升到五万元。也许，不久之后，当年那位接生员就会再一次见到纪敏佳。

叶一茜

记者与叶一茜　　摄影：王东晖

叶一茜：一个美丽的误会

摄影：王东晖

好像美女总是要让人等的。

"和叶一茜见面，约好两点钟星巴克。结果两点整，手机里准时跳出一条短信："对不起，路上有点堵，我要晚到一会儿。"

超女比赛已经落幕了三个礼拜。回忆起之前在长沙现场跟叶一茜聊过的那一次，她讲话慢条斯理，柔声细语的，当时的印象不外乎是一个大美女！看吧，场上服装最讲究的是她，后台补妆次数最多的是她，爱照镜子，爱臭美，当然，受非议最多的，也是她。

当时在彩排的间隙，纪敏佳曾认真地告诉我，茜茜是心态最好的一个"超女"。

谁信？！

事实上，当PK掉林爽之后，走下舞台的叶一茜自己都已经预感到网络上肯定有人开始攻击她。果不然，网上立刻直指她的大名。好事人的逻辑推理是，一方面，一个北京电影学院里出来的女孩子，怎么能不想赢，不想出名呢？第二，她太漂亮、太温柔，这便给予了观众足够的编剧空间。

"我适合生活在大城市里"

美女姗姗来迟，也带了来一阵清风。叶一茜连声抱歉，连桌子都被她甜美的声音溶化了，还有谁能说不呢？

我盯着她看了几秒钟，这个女孩，到底这辈子想要什么呢？

除了她的脸蛋，叶一茜的背景资料比其他任何一个"超女"都少：出生于福建北部一个小山城，初中毕业后便离开家乡，独自上艺校学习唱歌；两年前，她只身闯荡北京，考入卧虎藏龙的电影学院，进修表演；真正改变命运的时刻在2005年这个热闹的夏天到来，因为勇敢地报名参加了一档名叫“超级女声”的电视节目，叶一茜从此早早地踏上了火红的明星之旅。

叶一茜说：“我觉得我的梦想不应该只局限于福建，我既然想要的不是这种生活，我追求不止这些，所以我应该往更高的地方走。”

如果你认为叶一茜只是个美女那么简单，那么你误会了。

记者：如果用一种花来形容你自己，你选什么花？

叶一茜：我喜欢百合花。我觉得百合花特别的大气、高贵，和别的花不一样。

记者：你是福建人，你的家乡政和盛产茉莉花茶，不喜欢茉莉花吗？

叶一茜：喜欢，但我还是觉得百合更适合自己。

记者：茉莉带有一丝泥土的芬芳，而百合却更为洋气。这就是我觉得你矛盾的地方，你是个从山城出来的姑娘，身上却看不出一丝乡土气，挺奇怪的。

叶一茜：（笑）其实还是能看得出来的，我们家那边的人都特别朴实，特单纯，我也是，傻傻的。可能你们都觉得我长得很成熟，有女人味什么的，其实生活中不是这样的，我喜欢可爱的东西，总是傻乎乎的。

摄影：王东晖

记者：你以前跟记者讲过，不爱告诉别人你的家乡在哪里，这是为什么？

叶一茜：噢，我家在政和，属于闽北，那是一个很小的县城，就算福建人也不一定知道在哪。他们问我：你家是哪里的？我说是福建的。又问，福建哪里的？我说政和。再问政和是哪里？说了他们也不知道方向，后来我就干脆说靠近武夷山。

记者：后来来北京念书了，喜欢北京这种大城市吗？

叶一茜：喜欢，我也特别喜欢上海。我家乡很纯朴，但我不甘心呆在小城市里，每天的生活都一样。晚上站在我北京朋友的办公室里，看着国贸 30 多层底下车水马龙、灯火辉煌的城市夜景，真的觉得很美。我想我很适合生活在大城市里，留恋这种繁华的感觉。

记者：你刚才十分钟里接了四个电话，找你采访的，找你吃饭的，非常的忙，有没有希望超女这段“火热”尽快过去，好休息一下。

叶一茜：其实也没有。现在正是我们最火的时候，如果现在没有铺垫好，把握好，给自己的路子打好基础的话，很快这股火就会过去了。所以现在……我也不希望这么快就过去了。

摄影：王东晖

“心底里我还挺能坚持自己的”

2003 年 7 月，土生土长的闽北政和县女孩叶一茜连闯数关，通过专业和文化考试，一举考入北京电影学院，在她的家乡引起了不小的轰动。今年夏天，北京电影学院表演专业高职 2003 届 3 班的毕业名册中，出现了她的名字。

其实在福建，这个丫头早已混了个脸熟。1998 年刚初中毕业时，她参加了电视台模仿明星脸的节目，模仿刘嘉玲，夺得了“开心金像奖”。此后，她也经常参加电视台的综艺节目。在学校，叶一茜是个很守纪律的学生，又是班干部。学习两年，在张纪中导演的《神雕侠侣》中认真地演了一个女鬼的小角色。

在进入北京电影学院之前，叶一茜在福州读书。和周笔畅一样，爱唱歌的

女儿总是被父亲反对，被母亲暗地里支持。初中毕业后，叶一茜的妈妈偷偷带着小一茜赶到福州报考，才实现了她的愿望。叶一茜说，在母亲的眼里她一直是有音乐天赋的，“妈妈是我们县里合唱团的领唱，经常教团员唱歌。站在旁边看的我就能无师自通学会了。”母亲看到叶一茜对唱歌兴趣如此大，就给她买来了收录机。这下，对音乐着了迷的叶一茜连做作业时也要开着收录机放音乐。

直到这次叶一茜在凭借“超级女声”扬名全国，父亲才开始彻底支持女儿“不务正业”的演艺事业。

8进6比赛结束当晚，叶一茜的手机就“爆炸”了:上百条短信汹涌而至，她飞快地删，匆忙中看到爸爸发的一条:“虽败犹荣”。

摄影：王东晖

记者：问一个讲了100次的问题，怎么想到去参加《超级女声》的?

叶一茜：（笑）今年我正好大学毕业了，也没想好以后究竟怎么发展，正好在电视里看见广州赛区的“超级女声”比赛，觉得挺好的，想试一试，就去杭州报名了。我和我妈在杭州租的房子嘛，按照天数计的，心想被淘汰了就走人。

记者：没想到就闯进决赛了。

叶一茜：嗯，当时想参加的时候还征询身边朋友的意见，反对的不少，说那种比赛特别傻，让我千万别去丢人现眼，但支持的朋友就特别支持我，让我去试试。后来我还是决定一个人去了。我这个人吧，性格比较随和，有时候甚至是不懂得拒绝别人，给自己添麻烦。但是我心底里呢，还是一个挺能坚持的女孩。我记得有一场比赛，我坚持要唱飞儿乐队的“千年之恋”，导演不让我唱，说不适合我。

记者：对，我听了，现场效果不是特别好。

叶一茜：但是我还是坚持要唱，因为我真的很喜欢唱这首歌，我跟导演说，你让我唱了，到时候我被淘汰下来了，我不后悔；要是你不让我唱，我被淘汰下来的时候就太后悔了。导演听了，说好吧，那我就让你唱。后来的确反响不是特别好，幸好我也没被淘汰，呵呵，还是不后悔。

“被很多人喜欢是有优越感的”

在“超级女声”的赛场上，叶一茜对自己的演技很自信，但对于自己的嗓音其实并没有太大的把握。她自称到现在都不忍再看自己海选时的表演，但她知道自己在比赛过程中在一场场地进步，也慢慢地认准了自己唱腔的基本风格。在柯以敏的调教下，叶一茜终于找到了属于自己的“芸式唱腔”。

然而，“超级女声”本来就是一场竞赛的游戏，而非全国青年歌手大奖赛。你可以因为喜欢张靓颖的倔强而给她投票，也可能只因为李宇春长得像邻家的小妹而从此追看她的出场，对于叶一茜，她也知道，美貌是自己最有分量的附加值。

一个31岁的白领粉丝在百度的QQ（茜茜）吧里留言说：“我应该早就过了追星的年龄，自从迷上一茜，我又仿佛回到十八九那个追星的年代，那时候我们喜欢小虎队。不知为什么一茜打动了我，后来我仔细想了想，可能是她因温柔但又不失坚强的个性，善良、单纯的品质，也可能是因她美丽而不张扬的容貌。我认为她是典型的江南

摄影：王东晖

美女，她操守着早已被浮躁的世人遗忘的婉约，恬静！这其实恰恰是中国女子无穷的魅力。”

记者：有没有时候觉得漂亮也是一个错误？正因为你走玉女路线，网上就有人说你被大亨看上这样的话。

叶一茜：很无奈，但我从来没有觉得漂亮有什么不好。我没有何洁的活力，没有周笔畅的酷，但我就能站在舞台上，美美地给大家唱歌，陶醉在我的音乐里，我觉得这样就挺好的。如果一个女人能被这么多人喜欢，难道不是一件非常幸福的事吗？是有优越感的。

记者：今年超女流行“中性”风，像李宇春，不是美女胜过美女，作为美女歌手的代言人，你能理解吗？

叶一茜：说实话，喜欢李宇春的心理我没法理解，但我相信你说的这种中性风会是一个潮流。

记者：能说说你小时候吗？从什么时候开始发现自己是个美女了？

叶一茜：我也不知道，小学的时候我就像个丑小鸭，很不出众的那一种，什么时候都躲在一边，心想你们千万可别发现我，那时候我们学校的美女多了，根本都看不见我。一直到初一的时候，好像是一次唱歌比赛吧，我上台唱了歌，得了奖，就一下子出名了，很多男生来追我。

记者：从此就开始烦恼的青春期了……

叶一茜：嗯，其他班的，还有其他学校的，很多，我也不知道该怎么办，我是不懂得拒绝别人的一个人。

记者：还记得第一个追你的男孩子吗？

叶一茜：想一想……我记得那次唱歌比

摄影：王东晖

赛以后，有一天下课我骑车回家，天都黑了，还下着雨。我拼命地骑。突然，一辆车子横在我前面，往我车筐里扔下一封信就跑了，我被吓死了，对方的脸也没看清楚。我又拼命地骑，到了家门口，我在楼底下把信打开，啊呀，是一封情书，一下子懵了。

记者：那你到底喜欢什么样的男生？

叶一茜：我喜欢刘德华、梁家辉那种类型的，挺酷的。

摄影：王东晖

梦想接一部琼瑶式的戏

8月11日，叶一茜在新浪网伊人风采频道的聊天，用当时一位台湾记者的话来形容便是“她真的很琼瑶”，楚楚可怜的，为爱情感动得惊天动地女子。

实际上，叶一茜小时候的偶像是金铭，那个能把全中国母亲都征服得一把鼻涕一把泪的小女孩。站在PK台上，她保持着微笑，因为“不想可怜巴巴地求得同情”；投票结果出来，她哭得红鼻子红眼睛：“想着要离开陪伴那么长时间的姐妹了，要告别两三个月的舞台了，比较伤感。”比赛结束了哭，接受采访时哭，看重播时哭，机场送别时又哭，叶一茜把泪海留在了湖南。

琼瑶剧里还有位经典的女演员，眼睛和叶一茜有几分神似，这便是陈德容。《梅花烙》里，陈德容饰演的白吟霜哭得花瓣凋零，天昏地暗却脸上一点妆也不掉，现实中，学表演的叶一茜梦想自己有一天能同样接到一部戏，用她柔情的眼睛征服所有人。

“我想想，要是当时没有想到参加‘超级女声’的话，也许我现在也是超女的一个Fans。”她眨眨眼睛，看来这个女孩对现实的认识还是很清楚的。记者问叶一茜，在众多超女中，和谁感情最好，她几乎不假思索地回答：纪敏佳。亮

摄影：王东晖

出的原因也直截了当：她很憨，没什么心眼，丝毫不掩饰自己。

同出自杭州赛区，她俩是对手也是朋友。叶一茜回忆说，一次在杭州拍外景，导演让她评价一下纪敏佳，对着镜头，她一时找不着感觉。恰好这时纪敏佳躲在后面吃桃子，她开玩笑“命令”她：“纪敏佳，站过来，帮忙！”没想到，纪敏佳真的乖乖地拿着桃子走到跟前，在镜头旁边扮各种鬼脸，逗她说话，“没有她的帮忙，我不可能顺利地说完那段话。”

叶一茜说，别看纪敏佳上台时不苟言笑，私底下她很“豁得开”，连她这个学表演专业的人，都不得不佩服对方的表演功力。“一次，在长沙参加总决选的培训课，老师看纪敏佳有点男性化，特别出了一个题，让她装作向男友撒娇的小女生，真没想到，纪敏佳学着小女生很嗲的样子说话，我们看了以后都暴笑。真的，演得特别好！”

和纪敏佳同住一屋，叶一茜盼了很久，直到8进6比赛的前两天才如愿以偿。只是好景不长，两天以后，叶一茜就被淘汰，离开舞台的瞬间，按照惯例她要拥抱每一个“幸运者”，拥着纪敏佳时，她的耳边清楚地听到这样的话：“你离开了，我怎么办？茜茜，我很难过。”

问叶一茜，前三名“超女”中谁最完美。她说，三位“超女”都有闪光点，“如果一定要给出答案，我个人觉得，周笔畅是比较完美的。”她告诉记者，周笔畅是一个每天都会很开心的人，在她身上看不到任何烦恼的影子，而且特别善于自娱自乐，“和她在一起，永远都有笑声。”

有人说，在美女如云的北影校园中，叶一茜的外貌算不上最出色的，但携“超女”之风，她的影响力毫无疑问大过其他人。她告诉记者，目前自己正在北京拍广告，接下来，签约天娱的她按照公司安排，有可能会参加“超女”巡回演唱会。此外，还有好几部戏都在接洽中。看上去，叶一茜的未来之路将是“影视歌”全面开花。对此，她并不讳言：“我希望自己能多栖发展，拍戏、唱歌说到底都是我的专业，我想在此基础上，是不是能再尝试做主持人？”听口气，小妮子的脑袋里，早已有了全盘计划。

摄影：王东晖

超级腔调之达人

我们不参赛，我们同样超级。

时间逝去，记忆远走。

但我们都不会忘记 2005 年的那些“花儿”，她们去到哪里，早已不在最初的那片舞台……

她们有个共同的名字叫——“超级女声”。

她们是舞台上的绝对主角，她们或欢笑，或流泪，或是静静地读一封信，又或者在 PK 台上内心已是汹涌澎湃脸上还带着怜人的微笑，每个细节，都能引发各种“粉”各个“迷”的尖叫和追捧……

虽然这些超级女声们足够明亮而耀眼，但是她们还是无法掩盖掉“超级女声”台上台下另一些人的光芒。

这些人，或许早已不再豆蔻年华，或许不是明眸皓齿，又甚至，根本就不是女生，但还是在这场持续了几个月的全民狂欢中尽得风流。因为有了他们，才有了 2005 年如此沸腾的“超级女声”，又或者，是因为有了2005年的“超级女声”，才有了他们，不知道，真的是说不清楚，不过可以肯定的是，有了他们，这场狂欢，才愈发热情、奔放、热烈、吸引眼球……

他们，都是“超级女声”的达人。所谓达人者，是指在经过长年的锻炼，积累了丰富的经验，而得到某个领域真谛的人。

夏青。一块有关《流行偶像》的豆腐干小文章，一次咖啡馆里的“头脑风暴”，有了有关“超级女声”的最初设想。这个创始达人，后来坐在评委的座位上，温婉微笑，但也言辞锐利。

汪涵。一群想唱就唱的女生，舞台上还得有这样一个“超级男生”来点缀，这个超级娱乐的主持人在台上如鱼得水，只是台下没那么自由，那么多有关超女的采访让他说到“想吐了”。

何炅。一个主持人，一个歌手，一个演员，还有一份老师的神圣职业，不知道该怎么介绍他。但是现在别人介绍他，就是“超级女声”的评委。本来只是成都赛区的评委，而在柯以敏退出之后，他接受电视台的召唤，坐上了总决赛的评委席。

柯以敏。黑楠。一位歌手，一个音乐人，两个人，是大家冠名的一个组合——“柯楠”。柯以敏一向直率，她说“超女让我咸鱼翻身”。黑楠大概深受“超女之害”，不知黑枪事件是否还有余悸？

达人们在“超级女声”中有精彩的表现，而其实，离开了“超级女声”，他们的生活一样精彩……

柯以敏

马来西亚人，曾获英国皇家钢琴八级以及伦敦Guildhall学院声乐晋级最高级。

1991年，柯以敏以一首《The Power of Love》获得“亚洲之声”总决赛亚军。1993年，首支单曲《太傻》大获成功。

从马来西亚出道、在台湾发展从而立足华语歌坛的歌手柯以敏，以科班出身的坚实功底、令人惊艳的实力嗓音、宽广的音域、纯熟的技巧以及完美的感情注入而备受华语乐坛肯定，被誉为“亚洲美声天后”、“华语歌坛最动听的女中音”，其歌声可以用“唯美”来形容。

黑楠

著名独立音乐监制、作曲。

毕业于北京师范大学，英国皇家音乐学院作曲专修。

曾为歌手老狼、解小东、关淑怡等制作歌曲；2001年获邀赴欧洲为著名品牌VIRGIN 录制现代音乐专辑，成为欧洲VIRGIN历史上第一位华人监制。

曾参与创办北京风行音乐、北京非凡音乐、北京严肃音乐。先后担任中国中央电视台《东方时空》音乐统筹、北京非凡文化总监等。

现为独立音乐监制、音乐专栏作家、中国轻音乐学会奖评委。

夏青

“超级女声”创始人之一。

1991年毕业于北京广播学院，曾担任湖南电视台和湖南卫视众多名牌栏目的制作人和主持人。她曾是国内第一部媒体实验话剧《吊带时代的萤火虫》总策划及《纪念》大碟总策划。同时，她还担任多届金鹰节的策划人和制作人以及多届星姐选举的总导演和监制。

何炅

著名电视节目主持人。

毕业于北京外国语大学，专业是阿拉伯语。

中学时期便成为电台主持人，1994 年参加央视大学毕业晚会直播后一炮成名，1995 年开始主持央视节目，1997 年大学毕业后留任北京外国语大学教师。

1998 年，加入湖南卫视《快乐大本营》，成为其电视主持生涯最重要一步，目前已经是国内娱乐节目当红主持人之一。

2004 年，发行第一支个人单曲《栀子花开》，开始进入乐坛，2005 年，发行个人第二张专辑《漫游》。

汪涵

著名电视节目主持人。

毕业于湖南广播电视学校。

2002 年 5 月底，湖南经济电视台娱乐脱口秀节目《越策越开心》上档不久就火遍三湘大地，作为主持人的汪涵展现了自己语言天赋。这一档地方台节目居然让全国同行刮目相看。之后汪涵又主持了《真情》等节目，逐渐步入一线主持人行列。

聪明机智、伶牙俐齿、会耍宝、懂幽默是他的特质，这些特质让作为“超级女声”主持人的汪涵成为这一节目中的一颗另类“明星”。

夏青："超级女声"之母

"不是音乐人，唱歌也只是在卡拉OK玩玩的业余水平——高音上不去，低音下不来。"这是夏青对自己的评价，但就是这样，她却坐在目前国内最红的歌唱比赛"超级女声"的评委席上。所以当她和天娱公司老总王鹏的夫妻关系见诸媒体报道之后，有人说她是靠着丈夫的关系坐上了评委宝座。

她感到委屈，在湖南电视行业十多年工作所出的成绩，就足够有这个分量。

夏青，其实是"超级女声"的创始人之一。

之一，她喜欢把"之一"放在后面，因为她觉得这是集体智慧。

当年，是她，募集的整个班底，是她，和大家一起完成的整个比赛方案。

她还清楚地记得，一群人讨论诞生"超级女声"雏形的那一天，在消防大厦的那个咖啡厅……

约夏青采访是在"超女"总决赛之后的一个星期，她的助理肖小姐直接把皮球踢给了湖南卫视总编办，而总编办那里却说这是她们推脱的一个手段，因为夏青太累了，关于"超女"不想再接受采访。记者再和助理沟通，表达诚意，发送采访提纲给她，然后收到回复：明天晚上8点。

于是第二天记者再次飞到长沙，在这座超女喧嚣过后的城市等待和"超级女声之母"的会面。

晚上八点多一点，在室外的咖啡厅，记者见到了无数次在电视里见到的"夏老师"。

她是一个健谈的女人，凭湖临风，在微弱的月光和隐隐的路灯之下，我们的交谈持续了五个多小时。记者不能说有多了解她，记者只是看到了这五个小时中的夏青——动情之时落泪，兴之所至歌唱，温柔的时候微笑，高兴时手舞足蹈，生气的时候，会双手叉腰……

为人女："我对不住他们"

记者（以下简称记）：夏老师，您好！很高兴你接受我的访问。你不愿意再接受关于"超女"的采访，是不是这段时间太累了？

夏青（以下简称夏）：也不是累的原因，本身就是做幕后的人，这次做"超女"在面上抛头露面太多了，说实话，我有点不太适应。

记：可是你以前就是做幕前，是做主持人的。

夏：我做主持人也是没办法，我是学这个专业的，学播音的，毕业分配了，领导让你做这个，那就只能暂时做播音了。而且主持生活类节目还好啦，和我个性还贴一点，居家过日子，为民服务的那一些，还算能适应。其实，当初在学校里头就堵着一口气，因为都说播音系的女孩是花瓶，可明摆着我就是做不了花瓶的主，本来身高也不够，形象又不好，我是太知道自己的劣势在哪里，不太知道自己的长处在哪里的人。

记：怎么就那么不自信呢？

夏：我一直都不自信。说到个人的话，得从小时候开始。我父亲给我的教育一直是：你不聪明，你得比别人更努力，俗话说“笨鸟先飞”，你就是那只笨鸟，你要和别人齐头并进，就得比别人先走一步。父亲也一直告诉我，我们家是没有任何背景和条件的，就像他给我取的名字一样，夏青嘛，我喜欢说是“青草的青”，就要像草一样，生命力旺盛，而他给我取这个青，是想青出于蓝而胜于蓝，要取得成功，被别人承认，就得为自己有可能遇到的机会去做准备，简单一句话，机会是留给有准备的人。

夏青受父母影响很大，在她6个月大的时候就和他们一块下放到农村，在湘西那儿呆到10岁才回来，一路看着他们为事业去奋斗的经历和所花费的心力。

爸爸学美术，妈妈学京剧，当年湖南文艺界人人士下放到湘西时，他们是属于不甘寂寞的，和下放到那里的舞蹈老师歌唱老师等一起组建了黔阳地区歌舞团，夏青从半岁到十岁，就一直在团里长大。平时她就站在幕后看大人们的演出，困了就被放到化妆间里睡觉，等演出结束之后再由爸妈带着回家。一直都没有同龄的伴，夏青的童年是很孤独的，直到八岁的时候，父母说一定得给她找个伴，所以就多了一个妹妹。

妹妹小她八岁，会坐在爸爸的膝盖上搂着他的脖子，撒娇耍赖，夏青特别羡慕妹妹，但是她自己做不出来，要她抱着爸爸是很难想像的事情，她无法把情感如此外显地表达。只是对待妈妈，她会亲她的额头，因为她知道妈妈期待这个时间已经很久了，而她这么做的时候，已经太晚了……

记：看你做评委时的点评，我觉得你是一个非常感性的人。

夏：电视人本身或多或少都有点感性，而身为女人，比男人更要敏感很多。经历的事情多了我发现体会到的一定要表达出来，但我以前不太擅长用语言来表达。这次“超女”五进三的那场比赛，周笔畅说从来没有对父母说过，但是今天要当着全国观众的面对爸爸妈妈说——我爱你们。你知道吗，我现在说这话的时候浑身汗毛都竖起来，全身发麻，直麻到头顶。

记：那你对自己的父母会表达吗？

夏：我小时候看到妹妹坐在爸爸腿上搂着他的脖子撒娇，我特别羡慕，但我做不出来，我的表达方式和她完全不一样。

记：我看过你一篇专栏，是写“超女妈妈”的，里面有一句话让我特别感动，你说“很害怕看到母女俩眼神交汇那温暖得无以复加的一刻，害怕那一刻我会止不住眼泪，忍不住想只能在天上注视我的母亲”。

夏：今年年初的时候我妈妈病重去世。去世的当天我还在长春做直播。

不过那段时间，从她生病住院的12月到1月30日，我丢下了所有的工作陪她，我要恶补一下，因为以前陪她的时间实在太少。其实我父母就住在广电大楼后面的小区里，可我却很少有时间去看他们，往往只是在做大型晚会的时候给两张票让他们来看演出。等演出结束的时候观众全部散场了父母却会留下来，领导看见了就总要和我爸妈说点客套话，爸爸这个时候就说，“我们想要见她就只有等到这个时候了”。听到这些话的时候总是很心酸，觉得对不住他们，一直总觉得还有时间。我妈妈是孤儿，她的父母，也就是我外公外婆早在她两岁的时候就去世了，她这边亲戚很少，她一直对我说想把几个亲戚接过来玩玩，其实我知道她的意思，老人家想让亲戚看看，她可以享儿孙福了，但我却一直拖着，一直都没有实现她的愿望。

我妈妈12月份突发急病住院，之间断断续续地醒过来，那段日子从早上8点到晚上8点，我就一直站在ICU病房里，给她做按摩，和她说话，我之前做得太少，现在要补都补不过来，有太多的遗憾在那里。因为妈妈大多处在神志昏迷的状态，所以爸爸让我别一天到晚这样站着，但我就是不想让自己再后悔了。

我以前不会表达自己的感情，但是在陪着妈妈的时候，我就会亲吻她的额头，那个时候我就是要用直接的方式来表达，不要感到不好意思，因为我知道，妈妈渴望这个时候已经很长时间了。

说到母亲的时候，夏青哭了，她用餐巾纸擦拭着眼泪，断断续续地往下说。“子欲养而亲不在”，是每个人都会有的懊悔。

但是当她看到舞台上周笔畅愿意对爸妈说“我爱你们”，看到VCR里李宇春的妈妈说孩子在发了一点小脾气之后会马上发条短信过来说“妈妈，刚才我态度不好，对不起”，夏青就觉得所有的一切都值了。虽然她仍然觉得对不起自己的父母，但是她还是觉得一切都值了，因为通过自己参与创作的节目，让更多的人懂得了感恩需要表达。她的付出得到了承认。

做电视人：“做幕后会更有成绩”

“夏老师”这个称呼，是在1999年她进娱乐频道的时候大家开始叫起来的。那个时候女孩子要瞒着父母去和男朋友去约会，就会说是在和夏老师加班，男孩子恋爱了就来找夏老师讨经验。有一个年轻的男导演交往了一个女朋友，但是女友爸爸反对他们俩在一起，他就把“夏老师”抬出来。有一次夏青出差回来，刚下飞机，男孩子的电话就来了，“夏老师，我女朋友爸爸来接你了，他想和你谈谈，听听你的意见。夏老师，这可是双方‘家长’首次见面，你可得帮我说点好话。”

问夏青是不是一个脾气很好的人，所以年轻同事们都不怕她，纷纷拿她做挡箭牌，她说不是，她常常会发脾气，“我发脾气的时候就……”她两手叉腰，做出怒目而视的凶悍样子，自己也忍不住，笑出声来。“同事看到我这样，就知道夏老师要生气了。”她可以原谅工作中的失误，因为这是可以预计的，但失误之后必须要对她说实话，她讨厌找借口的人，因为撒谎会耽误掉时间，本来可能有时间解决的问题往往会因为借口而耽误了。

她是一个要求完美的人，做一档音乐节目的时候她曾经要求编辑们把已经做好的十期节目重新推倒重做，因为她觉得里面的声音不平衡。她说做编辑性的音乐节目对画面不可能有太高的要求，因为是现成的 MV 带子，如果声音在合成的时候还出技术上的偏差，那就实在是编辑对自己太没要求了。如果有人想偷懒，找借口说做不了，那夏青就会把脸一板，很干脆地说“好，我来做，你走！”谁都知道这个“你走”的分量，大家都怕她。那一天晚上，编辑们都盯着调音台上的指示灯，一刻也不敢松劲，她的助理笑着回忆说“那天晚上我们做梦都是在推声音”。

夏青也知道同事们背后对她有“空话”（长沙话，有抱怨的意思），不过让她感到欣慰的是去年频道聚会的时候，几个摄像一起来向她敬酒，说虽然挨骂挨得很多，但是学得也很多。

其实夏青自己，也是这样一点一点学出来的……

记：夏老师，主持人可是光鲜亮丽的职业，你当时怎么就不想做呢？

夏：以前有人管主持人就叫“肉喇叭”，思维是掌握在别人手上的，我不甘心，觉得自己做幕后不会比别人差，所以就一直特别想转幕后。当时我的领导很开通，他说你想做幕后可以，但得在把本职工作完成的基础上来学习如何做幕后。所以我休息的时间全都花在学编片子上了，当时愿意帮我的人很多，因为大家觉得这个女孩子很好学。我是在 1996 年生孩子后就完全转到幕后去了。

记：都是自己一点点从头学起的？

夏：是的，都得利用业余时间来学。也曾抱着十来本磁带上下五楼去机房，那个时候的带子都好大一盒，都快高过人头了，所有的细节我都经历过，所以我做监制的时候，下面的人做事别想骗我，我什么都知道，什么都能自己动手做。

记：介绍一些你做过的节目吧。

夏：1999 年做《娱乐急先锋》的时候，我总是说“怎么办”，因为做这样的娱乐节目，说的都是八卦内容，心里确实很矛盾。做电视需要有一个尺度感，所以做《娱乐急先锋》的时候我们强调观点，要表明我们的价值观。

做“星姐选举”的时候开始注重舞台侧面的东西，2002 年星姐选举采用残酷淘汰，半决赛等待分数时会把镜头对准舞台背后的东西，让大家看看这些美丽的女孩子们在等待分数时是怎样的表情，她们互相之间会有怎样的故事。

其实 2002 年的“星姐选举”是在为 2003 年的“超级男声”做准备，那些比赛的规则等都在星姐选举中有了尝试。“超级男声”刚推出的时候，一开始报名者并不多，但第一场海选直播结束后，我们看到电视台门口排起了长龙，很多男孩子节目看到一半就跑来报名了，那时我那个激动啊！第一年做“超级男声”的时候，那些参赛的男孩子哭得一点都不比女孩子少，有的甚至说一辈子的眼泪就在那一晚流光了。我觉得就是要让这些参赛的选手起到一个榜样的作用，要让他们知道如何对待父母，如何对待亲情，如何对待友情，我不想让这些孩子在舞台上留下遗憾。

记：听你这么说，我觉得你做节目特别有责任感，总是在强调电视的一个榜样作用。

夏：是的，我们做电视，就要给出一个尺度。当年我们是缺了偶像，才会缺少激情，而现在我们不缺偶像，缺的却是优质偶像。在叶一茜被淘汰时我说的话是真的，真的是我妹妹的孩子很喜欢她，这个女孩子又漂亮又爱唱歌，为人又好，我希望她能是孩子的榜样。

大家认同超女，是因为通过这个节目她们立体了，可以看到她们身后的表现。李宇春是女孩子的榜样，并不是因为她们认为她比自己好很多而去崇拜，只是可能觉得她和自己某部分的性格很像。

记：你从电视节目制作中获得了很大成就感吧?

夏：我前面说过我以前做过一档生活类的节目，叫《事事通》，我做主持，就是告诉大家一些生活小常识。那时我也已经结婚了，总是想着家里该怎么弄，由此想着家庭主妇们的心态，这档节目妈妈辈的人很喜欢看。有一天我去商场里买香皂，那个时候“舒肤佳”还只有白色一种呢，我选了一块，旁边就有两个中年妇女问我为什么选这个牌子的香皂，我说可以除菌，然后她们也就选了同样的。我觉得很奇怪，问她们怎么就这么相信我，她们就说你就是主持《事事通》的夏青嘛，跟你买一样的肯定没错。那个时候我就很有成就感，一点点付出就得到观众的认同，这是我很高兴看到的。

记：你制作策划的节目都很成功，那么有没有挫败的时候?

夏：并不是每个节目都那么红火，那种挫败的感觉是常人无法体察到的。我觉得不够成功的是媒体实验话剧《吊带时代的萤火虫》，这是电视人的自我满足。我一直对戏剧都很向往，当时正好有一批浙广毕业的年轻编导，他们对戏剧的喜爱丝毫不少于我，所以我们决定一起干，当时频道总监并不看好我们做戏剧，而且也只有五万元的预算费用，用完了就没了。那时我先拿出2000元钱来，在西苑租了个房间，十天，让编剧，他也是台里年轻的导演十天内把本子写出来，参与演出的都是频道的主持和星姐，这部话剧写的是电视人的浮躁心态，是对自己的批判和反思。

当时也就那么点钱，反正是能省就尽量省，演出就一场，预售的时候门票卖得不是很理想，但开场前半小时票子就卖疯了，后来我们的总监就对我说“祝贺你们，你成功了”，当时我没吱声，整个人完全是呆住了，因为那时实在是太苦了，前一天晚上还砍了半小时的戏。

总监说从第一幕之后他就没坐在剧场里面看，因为他兴奋了，就开始观察观众，他告诉我中途退场的观众不到十个。

那一晚票子大卖是大家对媒体实验话剧的好奇，而我们借着概念完成了自己的戏剧梦想，但我知道这出话剧在市场和电视层面来说是不成功的。从那时起我就知道如果是要强加给大家一种高深的概念，大家只会有一时的新奇，新奇过后所有的人都会走开，你自己玩去吧。

记：你工作中要求这么高，你的同事都怕你吧？

夏：在工作中他们应该都是怕我的，只要是我审片，他们就很害怕，因为知道多半是会要返工的。我审片的时候，他们会跟我打岔，因为知道哪个片段的东西做得不好，想这样分散我的注意力蒙混过关，我才不吃这一套，要不就边和他们说着话眼睛还是看着屏幕上，要不就把带子倒回去重看，一个都不漏网。我知道他们背后叫我“駃駞”（长沙话，奶奶的意思），就是说比较啰嗦，好问，他们有点无可奈何的意思。不过平时我也喜欢和年轻人在一起玩，所以他们私下里也叫我“细妹子”。

记：和他们一起玩些什么？

夏：我们会一起去唱唱卡拉OK什么的。我学过一年声乐，对自己的嗓音缺点认识得很清楚。我的声音比较纯净，但音域太窄，高声唱不上，低音下不来，所以一般选邓丽君、刘若英的歌，那英的有些也能唱。

记：最喜欢唱那首歌？

夏：最喜欢小柯给那英写的《最爱这一天》，“最爱这一天，悲也好喜也好，最爱这一天，命运事谁知道……”（当场唱）

记：夏老师唱得很好，可以参加明年的《超级女声》。

为人母：“我在他身上花的心思不比其他妈妈少”

和夏青约的时间是星期四，她笑着说如果是第二的话肯定就没有时间接受采访了，因为星期五，她那个9岁的宝贝儿子从学校回家，夏青的周末就是“亲子时间”，同事们很清楚，要找她出来玩，都得等到星期天晚上她儿子回到寄宿学校之后。

记：你平时陪儿子的时间多吗？

夏：老实说并不多。我儿子从5岁起就全托，上学也都是住校的。不过我觉得做妈妈我是合格的，因为儿子是我靠一本书带出来的，那个时候我的同事给我一本书，叫《妈妈宝宝护理大全》，特别好，怎么样带孩子全都可以给你指导，我就这样摸索学习着把孩子带大。我是等他8个月大的时候才去上班，而生完孩子第一年的工作比较清闲一点，所以陪他的时间还是有的，我在他身上花的心思一点也不比别的妈妈少。

记：但你后来工作就越来越忙啊，儿子有抱怨吗？

夏：他习惯了。我总是这样教育他，“妈妈有自己的事情，你也有自己的事情，等我们两个人完成各自的工作后就能在一起了”，因为一直是这样的教育，所以他也比较独立。3岁的时候把他放在台里的托儿所，除了玩什么都不用学，我觉得这个特别好，就让他玩了几年。后来他要上学了，朋友对我说如果我们没有时间每天晚上陪他做功课，那还不如送他去寄宿学校，否则他会比孤儿还可怜，所以就送他去读了寄宿学校。

记：你是怎么教育儿子的？

夏：我教育儿子吸取了父母对我妹妹的那种教育态度。我和妹妹有很大的区别，她敢于提出自己的要求，而我现在也鼓励孩子自己去选择，他可以大胆地提出要求。

记：他会提出非分的要求吗？

夏：他小时候有过无理的要求，有一次他要我给他买一双500多元的NIKE鞋，这对一个孩子来说太奢侈，我没有同意。我虽然鼓励孩子勇于表达自己的要求，但有些原则还是要有所坚持的。

记：你儿子对妈妈现在的工作怎么看？

夏：儿子现在会调侃我，说“哎哟，夏老师，现在认识你的人很多嘛”。因为我们出去的时候，常常会碰到有人在一旁指指点点“夏老师、夏老师”的。但我不希望孩子有特殊的感觉。

为人妻：“我有比其他妻子优秀的地方”

记：夏老师，你说做妈妈你是合格的，那么做妻子呢？

夏：做妻子我应该也是合格的吧，我们互相鼓励，也还算关心他的生活，这些我都做到了。比其他妻子优秀的地方是我特别尊重他的工作，从来不管从来不问，相信他是很出色的。我们是同行，说到工作自然会有很多碰撞，我不想工作影响到生活。

他也很尊重我的选择，我做评委的时候他就提醒我要承受压力。我们很清楚别人会拿这件事做文章，他很担心我，因为知道我是个特别不愿意私生活放在外面的人。我们对家庭的保护意识都很强，单位分的房子卖了，情愿自己掏钱再买房住到远一点的地方去，就是希望家庭生活不要和工作有太多关系。

记：当报纸报道出你和王鹏是夫妻的时候，你是不是特别震惊？

夏：其实我们俩的关系在湖南电视圈真不是秘密，当年还有报纸特地报道过我们俩的故事呢，所以媒体知道我们的关系，我也不惊讶。但是现在好像传得有点乱了。

记：好像还有报道说你们俩离婚啊什么的？

夏：是啊，说我们俩比赛结束之后没有坐同一辆车回去，其实那天我老公根本没去现场。而传出我们离婚大概是有太多人问我跟他工作有关的一些事，而我从来是一问三不知，有很多跟他有关的一些工作上的事往往别人比我了解得更清楚，消息来得更快。可能大家觉得作为妻子的我不知道，那么两人感情肯定有问题。

记：是啊，一般大家觉得妻子总是应该对丈夫的事情了如指掌。

夏：还能吹吹枕边风什么的。但我觉得如果我们的关系那样的话，才叫长不了呢。

记：你是属于那种会给对方自由的人？

夏：对，我们彼此给对方自由。你看，今天我们聊了那么久，他也不会打电话来问我在哪儿，在干什么。我也不会打电话问他在做什么。所以去年过年大家一起聚会的时候，我们一个同事告诉我，大家都说王鹏是湖南广电最幸福最潇洒的男人，因为他们在外面的时候别人的老婆都会打电话，而我是不会打电话查他勤的，给他最大空间的自由。

问关于王鹏的话题，本来以为会是夏青的禁忌，毕竟因为“超女”的关系，让两人的关系多少有点敏感。但是夏青并不讳言，她很坦白，有问必答。她承认自己工作认真，但不承认自己是女强人，她说自己在私人感情上是很传统的，至少到现在她还认为男人是不应该下厨房的。看来王鹏真的是很幸福的，这个北方男人大学毕业后随夏青来到她的故乡湖南，不仅开创了自己的事业，还有一个给予自己极大自由和极大体贴的妻子，而夏青却说自己受丈夫影响很大，那种北方男人的性格，让她自己也变得更干脆。

采访在凌晨一点多的时候结束，她的助理告诉我夏青前一个晚上熬了一个通宵，昨天晚上又是到半夜。我对夏青说抱歉，可她笑着说没关系，依然精力充沛。不知道这样一个小小的女人身上怎么有这么强的精力，她说湖南人的那股辣劲在电视台的女人身上都有很好的体现，很泼辣，不服输。

TIPS：夏青论“超女”

1.对李宇春

李宇春的确不错，话不多，我很喜欢这种个性，简单明了。

2.对周笔畅

我觉得周笔畅应该是个放得下的人，这从一个小动作就能看出来：别人送给她花在她觉得会影响到她唱歌的时候，她会把花放下，要知道花在这个时候是一种赞许和荣誉，但这并

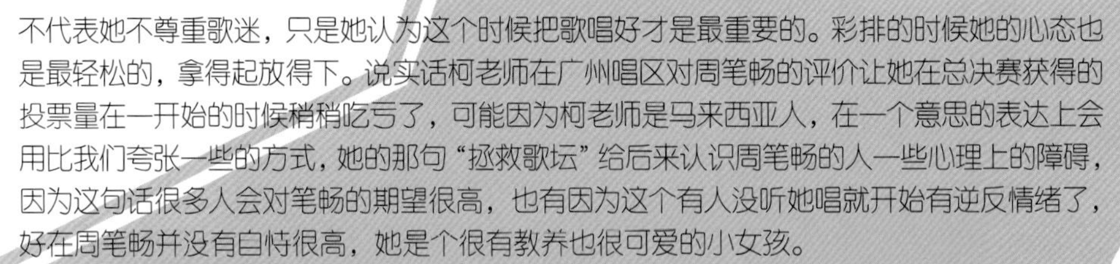

不代表她不尊重歌迷，只是她认为这个时候把歌唱好才是最重要的。彩排的时候她的心态也是最轻松的，拿得起放得下。说实话柯老师在广州唱区对周笔畅的评价让她在总决赛获得的投票量在一开始的时候稍稍吃亏了，可能因为柯老师是马来西亚人，在一个意思的表达上会用比我们夸张一些的方式，她的那句“拯救歌坛”给后来认识周笔畅的人一些心理上的障碍，因为这句话很多人会对笔畅的期望很高，也有因为这个有人没听她唱就开始有逆反情绪了，好在周笔畅并没有自恃很高，她是个很有教养也很可爱的小女孩。

3．做“超女”评委

从海选到五十进二十再到二十进十，然后是十进七、七进五、五进三……一直在做各种各样的点评，到总决赛的时候真的不知道该说什么了，也许是想表达的太多吧，都这个时候了干脆就说鼓励的话吧，可这也得有分寸，不会把人捧到天上去。

4．关于“海选”

最受不了的是海选，因为看到很多无能为力的事情，我是真着急，年轻人有一些不好的心态只能“一棍子打死”，没时间细解释。

5．“超女”未来

超女们的发展得看她们自己想要的是什么，简单点说就是靠自己，还是那句话，机会是留给有准备的人的。

6．对汪涵

我老跟主持人李响（上一届“超女”主持之一）说为什么汪涵做得好，是因为他可以放下身段，所以别人更容易认同他，他每次做节目都是在尽地主之谊，想尽办法让大家在他的地盘玩得开心，让来到节目中的人都有被重视的尊贵感。虽然我不赞同台湾主持人那种过于贬低自己做法，但我欣赏他们放得下身段做绿叶。

7．对曾凯娟（长沙赛区的选手，夏青非常喜欢，甚至被人怀疑是她干女儿）

曾凯娟要能当冠军就奇怪了，她是一个14岁的小女孩，读书很好，很单纯，也很讲义气。我的确非常喜欢她，她是她们那个年龄段女孩的榜样，我们认同她在她那个年龄段的表现是很出色、很优秀的，但是就比赛而言，她能走到这一步已经是很好的成绩了，还想往上走？难！

8．关于PK

两个选手旗鼓相当地PK，肯定会有情感票在里面。

汪涵："超级女声"的"超级男生"

凌晨近2点，那个一直转到秘书台的电话终于被接通。

"是汪涵吗？"

"是。"

汪涵是"超级女声"舞台上唯一的"男生"，在女生们璀璨的光芒下，这个"超级男生"倒也并不逊色。夏青评价他的主持能够放得下身段，以一种谦卑的姿态邀请所有人来参加他所主持的大派对，宾主尽欢。

他手头有很多档节目，"超级女声"是他接手的一档非常规节目，风光无限，但他却说"谈得都快要吐了"。

跟他约采访，倒是爽快，他说自己会在后天搭乘11：30的飞机回长沙，让我2点的时候给他电话再约时间。

只是后来一个湖南电视圈里的人满怀好意地为我担忧：汪涵的时间是很难确定下来的，可能不知道要等多久。果然，再发消息给他让他确定时间和地点就再也没有回音，好不容易等到两点打电话过去却不通，当时有点紧张，难道，真的应验了"无法确定"的传言？

2点多一点，手机上收到一个"无号码"的电话，满腹狐疑地接起来——"我是汪涵，你在哪里，我过来接你。"

在一家"素咖啡"的店里，汪涵像回了自个家一样自在。先和老板把玩了橱窗里的宝贝烟斗，然后往自己的烟斗里加上烟叶，享受起来，看着烟的方向，他说"要不你坐这边，烟往那边走"。

我们对调了位置，然后谈话开始。

"特别会吃喝玩乐"

记者（以下简称记）：你在这个地方好像很熟的样子。

汪涵（以下简称汪）：下飞机第二件事就是到这里来。第一件事是回家，然后就打个电话过来，这里喜欢的好东西都有了。

记：是你加入以后才有了这些好东西还是一直都有？

汪：一直都有。是他（指老板）把我们吸引过来。

记：你喜欢的东西还挺多的对吧？

汪：兴趣广泛，玩物丧志。

记：你还玩物丧志啊？

汪：把吃喝玩乐当主业，把主持当副业。

记：我觉得你是说着玩的吧，你主持那么多档节目哪有时间玩啊？就说说典型性的汪涵一天吧？

汪：很简单嘛，睡懒觉，睡到十点多起来，看看书，接着睡，然后跑到这里，喝喝下午茶。他这里自己做的糕点很好吃，和朋友聊聊天，交流一下雪茄红酒烟斗心得啊。晚上十一点录节目的话，那就五点多去台里。录完了之后如果意犹未尽就再过来，开一瓶好的红酒，我不喝酒的，只喝一点点，然后帮他们一起关门，回家再冲个澡看看书看看碟之类。就这样，吃喝玩乐。

记：听上去好像确实如此，工作的比例占那么少一点。

汪：第二天早上想打球的话就早上五点多起床，6点到球场，打18个洞的话打到早上10点左右吧，然后就回家冲凉睡觉，睡到下午一二点起来，逛逛书店，买点花装饰一下家里，然后到这里吃吃喝喝聊聊，或者遛遛狗。我有两条阿富汗犬，都是母的，他们（老板）家两头是公的，我们是亲家，就玩玩狗狗。如果早上打球打得不好，就晚上再去补课。

记：不过很多人不明白的是，你有那么多节目，能有这么多时间玩吗？

汪：像我这次出差在外五天，录了九集，就等于把两档节目两个月的都录完了。

记：哦，原来有很多时间，而且你也会享受生活。

汪：是啊，比如有时周末没事，我就开车去近郊的一个五星级宾馆，没有人知道，里面有击剑就去玩击剑，然后过个周末再回来。特别会吃喝玩乐。

记：这就是你对自己的评价？

汪：对，没什么不好。当你越来越觉得自己无趣的时候，才会发现自己和自己玩是多么地好玩。

记：越来越觉得自己无趣？你觉得自己无趣吗？

汪：我说无趣是相对于别人喜欢的那种泡吧、唱卡拉OK什么的。

记：你不喜欢这种？

汪：不是，我是找不到什么特别的理由去K歌啊，酒吧啊，可能我的工作太闹了。

记：你工作的那方面是外向的，所以生活中可能需要有一个平衡。但我知道长沙这边酒吧演艺吧是很热闹的，你是一直不喜欢呢还是随着年龄的增长不喜欢？

汪：我是一直都不喜欢。

记：沉不进去是吗？

汪：一是沉不进去，二是怕人多。我害怕人靠很近的那种。

记：可是你的工作给你带来的就是“很近”，比如陌生人过来，就说我吧，要求采访，又或者像刚才隔壁饭店的服务员来向你要签名。

汪：这种时间不长啊，而且这种场合是善意的，不像酒吧里面那种喝了酒的，是不善意的。我又不能出言不逊，又不能怎么怎么着，那惹不起还躲得起，干脆就不去，然后慢慢就变成不愿意去。

“偶尔幸福地迷路”

记：昨天看到《长沙晚报》上的一个报道，说你主持的《玫瑰之约》暂停了一次，让位给了“音乐不断——超女三强N解码”的一个节目，据说暂停的原因是收视率低。你会不会觉得由收视率来决定节目的播不播出挺残酷的？

汪：我不觉得残酷，我都没什么感觉，这就好像今天我到这个车间上班，明天去那个，只是换个车间而已，没什么特别的。

记：内心真的是这么潇洒吗？

汪：是啊，人的欲望就是因为你拥有这样东西。就像我今天从北京回来，一个朋友的打火机落我房里了，他一早给我打电话说：“哥们我的打火机落你那里了，我找了一宿。”我看到了也没任何感觉，就帮他放在前台，没有任何烦恼。你去想为什么这样，这是因为打火机是“他的”，不是“我的”。这个烦恼来自这个定语，他丢了东西会烦恼，我看见他丢东西，无所谓。那你就别把这东西当成你的不就得了。

记：可是这确实是你的，这个节目就是你的。

汪：这节目怎么能说是我的呢？你现在想想看，这个世上有什么东西是我的。发明的目的就是为了毁灭，消费就是不断创造新的东西，然后不断毁灭，人就是在不断有新的欲望然后不断厌倦当中过完一生，这过程当

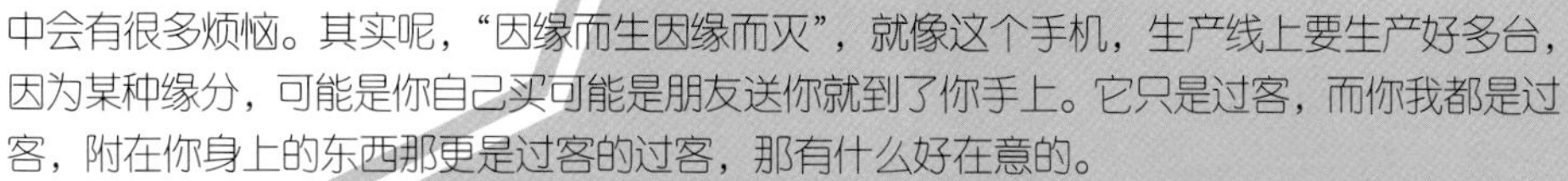

中会有很多烦恼。其实呢，“因缘而生因缘而灭”，就像这个手机，生产线上要生产好多台，因为某种缘分，可能是你自己买可能是朋友送你就到了你手上。它只是过客，而你我都是过客，附在你身上的东西那更是过客的过客，那有什么好在意的。

记：从来没有在意的东西吗？

汪：几乎没有。几乎我觉得没有什么东西是在意的。

记：那包括工作，亲情，友情，爱情啊，统统没有特别在意的？

汪：这个东西其实你不要带着在意的心情去看它，在的时候你就好好珍惜，没有的时候你也不会后悔。就像中国推崇的厚养薄葬，就像这个手机在的时候你就合理地使用它，如果掉了就掉了喽。工作的话你很认真地去做就好啦。

记：不要去在意结果？

汪：结果就是等死，就像这根烟一样……

记：灰飞烟灭。那这样对生活是不是不够积极？

汪：我的生活还不够积极？积极地去享受啊。

记：没有，是你刚才所说的观点，所有的一切都会过去，不用在意。

汪：这怎么不积极？怎么说呢，我们都知道我们的结果，我们朝着那个方向过去，在这个过程中你可以选择一直笔直走，也可以蹦蹦跳跳地走过去，你不可能选择不朝前，与其这样，我在往前走的过程中会偶尔幸福地迷一下路，像别人在争取努力的时候，我会幸福地迷下路。我们小时候都有迷路的经验，会发现那条路上有不一样的景象，会有野草山花，还有我特别想采到的桑树叶。

记：那你迷路吗？

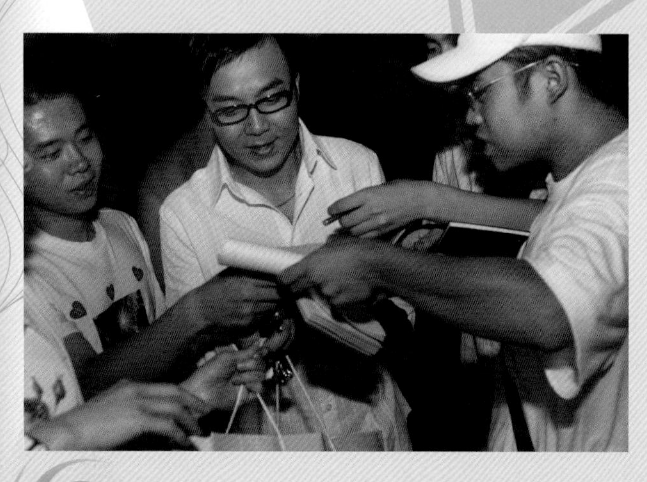

汪：我特别想。

记：特别想，但是没迷成？

汪：也迷路。

记：你所谓的迷路是指什么？

汪：有时候会突然消失一下，早上突然跑到深圳，在一个特别好的餐厅吃个饭，然后下午搭乘从香港到广州的火车去广州，在小山边上的咖啡厅喝个咖啡，晚上再回来。

记：丢掉工作吗？然后别人找你怎么也找不到。

汪：嗯。

记：那是你几岁时候做的事情？

汪：20多岁。

记：现在还会做吗？

汪：偶尔也会去。

记：不会想到责任啊什么的？

汪：也能负得起。

记：那个时候是不是制片人在找你，导演们都快急疯了？

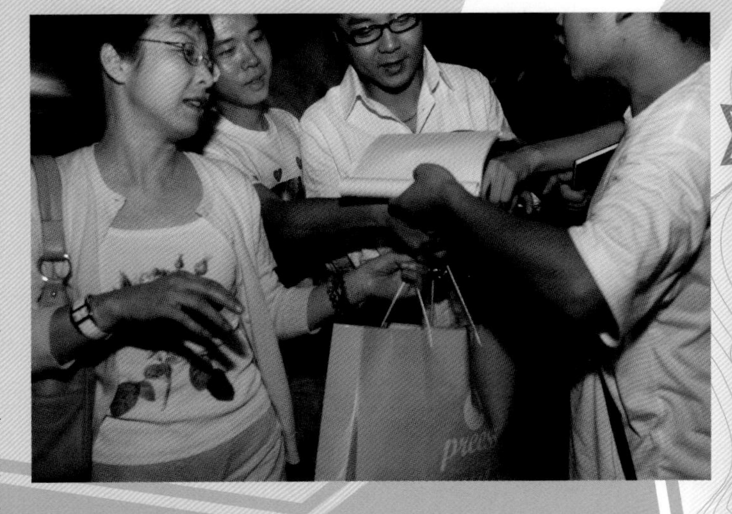

汪：是不用录节目的时候，只是有一些既定的小事，可推可不推，如果你在这里的话就一定要做，但不在的话他也就着着急。

记：你读书的时候就是这么调皮的孩子，然后把这种性格带到了工作上是吗？

汪：小时候我在家里的时候为了出去玩，会假装梦游。晚上一点多假装梦游，到外面去玩，3点多再回来。

记：把老爸老妈急疯了吧？

汪：我妈一开始没发现，发现了我就说自己是在梦游。

记：那时几岁啊？

汪：十几岁。就是好玩嘛。

“骑驴找马，不过骑了几次之后，才发现骑的是马不是驴”

记：你生活中也是像在台上这么娱乐吗？

汪：生活中也是这样，不过是偶尔为之，不像在台上那样要集中在一个小时之内发挥娱乐。

记：在台上要集中在一个小时之内，有没有辛苦，要一直开玩笑？

汪：也还好，因为没人规定我在一个小时之内要开40个玩笑。

记：有时候会不会有自己情绪不好的时候，但却在聚光灯亮起后就得开心？

汪：我不会，我不开心就是不开心。

记：但是这个节目本身就是开心的，你怎么能有情绪，怎么能把情绪带到工作中？

汪：开始的时候可能会不开心，但会慢慢忘掉，然后就会开心了。

记：有没有这样的时候？

汪：多哦。像这次在中央电视台录节目，录7集，导演都有点疯了。之前的镜头不行，要连补5集的开场，我上场的时候就不开心了，然后大家哄一哄我啊，我就开心了。也就是那句话，不执着嘛，那5集就当没有了，就像上了8楼之后让我再上一下，那怎么办，再上呗。

记：当时仇晓给你机会的时候，你的主持风格就一直这样吗？

汪：也说不上是她给我机会，当时是有几个人一起都这么提议让我主持。胆子大了之后就这样了。

记：什么时候胆子大了？

汪：一年以后。

记：是别人给你的评价说你可以了，还是你自己觉得？

汪：我自己觉得啊。

记：你一开始的时候没做主持，只做剧务？

汪：多好玩啊，白吃白喝。

记：现在想可能是很好玩，但那时呢，要做小工，要逗人笑？

汪：也是很好玩。我开始的时候是自己抬桌子抬椅子，然后就变成“台柱子”。

记：可是一个播音系毕业的去抬桌子抬椅子不会心里不平衡吗？这个专业不就应该做主持人吗？

汪：那有什么，多了去了。没什么应该不应该，这世上没什么应该不应该。就好像参加“超女”就应该火成这样，不应该吧？得了奖就应该火一年火两年，不应该吧？就平常心嘛，火了就火了。

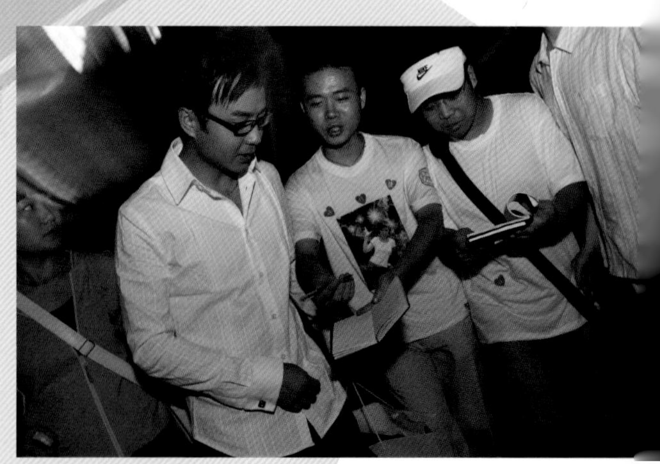

记：可读播音系就该做这个啊？

汪：没有的话想什么想呢。那个时候开着我的摩托车，“突突突”，去上班。扫地啊，保护一下主持人，接一下飞机，没什么不开心，好像挺好玩的。

记：好玩在哪里呢？

汪：没什么特别大的责任，把

这个做好就好了，做完节目和大家一起吃宵夜，去得早吃热的，去得晚吃冷的。

最初的时候是做剧务，然后是现场导演，带领大家拍掌，我总是拍得最响的一个。然后是副导演，再是导演，后来还做策划。最开始是做《真情》策划，当时想弄个节目，还缺个男主持，这个主持人还是得挺能说的，我平时就挺能说，也是播音系毕业，一个说话很有分量的灯光师，我们叫他廖哥，他说这个男孩不错，当时上上下下都支持这个小家伙，就让他试试，骑驴找马嘛。不过骑了几次之后，才发现骑的是马不是驴。

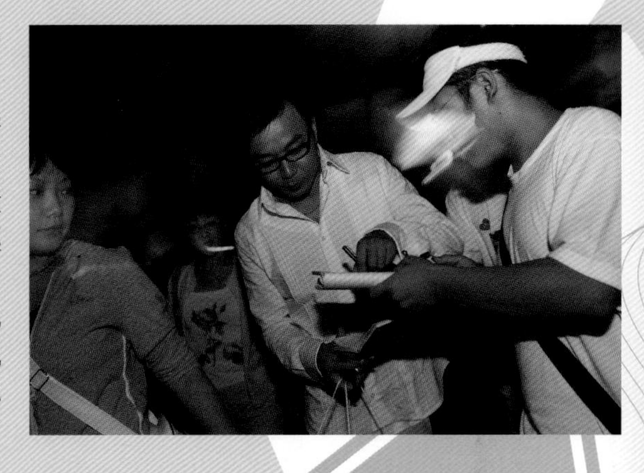

记：最初在《真情》的主持和现在应该不一样吧，那个时候可能要感动可能要流泪，而现在更多是闹腾、快乐？

汪：我一直觉得《真情》是快乐的，你发这个善念的时候就是快乐的，你去找这个人，要去感恩，要去赎罪，能发这个善念就是快乐的，找的过程也是快乐的。你找到了更是快乐的，因为达成了愿望，你找不到也是快乐的，因为你想了。就像《超级女声》，你想唱就唱，就是快乐的，没有“你想唱就唱，就得冠军”，没有后面那句话。你想，做，就OK。我当时就觉得真情是快乐的，和导演的想法有点冲突，所以离开了。然后呢，我得了几个奖，收视率也蛮好，证明大家的选择就是对的。

“妈，我爱你啊”

记：心态一直这样挺好的吗？

汪：这可能和家庭背景有关吧。我奶奶是佛教徒，妈妈也皈依了，家里就有佛堂。从小就是这样，不慌不忙的。再加上一些经历，我休过两年学，生病，躺在病房里没事干，就看着白白的墙思考。

记：我知道你20岁之前身体很不好，生什么病？

汪：我是吐血。点穴，自己点了自己。

记：点穴？开玩笑的吧？

汪：真的，不开玩笑。上午点了下午就吐血，然后找气功师来治，后来又得了肺结核，也很重。休学休了两年。

记：现在身体还不错吧？会不会对自己多照顾一点？

汪：还不错。所以就要让自己高兴。

记：我觉得你心态好的一点还在于，你现在很忙，但你说虽然忙但是能赚来人家需要工作很久才能赚来的钱，所以没什么理由心态不好。

汪：就是。我不知道那些人为什么得了便宜还卖乖，你赚得比别人多，你还要怎么怎么样。知足吧你，何德何能哦，十天赚十万块钱，或者赚多少多少钱。

记：你是家里最小的儿子，但现在是家里的顶梁柱，特别骄傲吧？

汪：也没什么，反正是轮上我了，轮不上我就是我哥，不是我哥就是我姐，反正轮上了就顶呗。

记：你说你爸当年赚钱很辛苦，那个时候家里过日子苦吗？

汪：那时家里5口人，上面还有4个老人，都得抚养，而且那时工资就那么点，日子当然苦了。

记：父亲是做什么的？

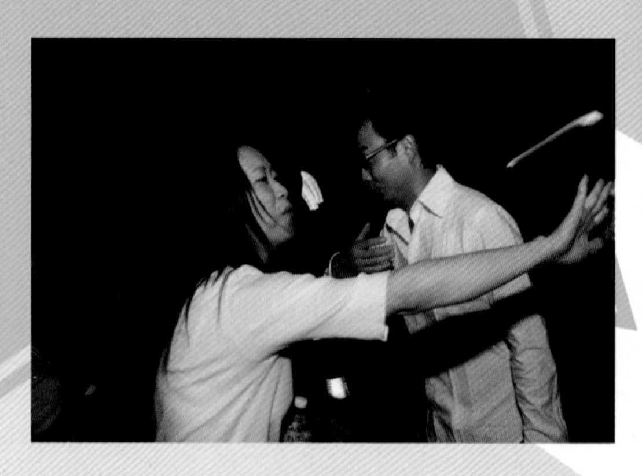

汪：建筑师。不过后来父亲一件事改变了家里。我父亲单位要去援外，到泰国援建，很多工程师都想去，都到公司老总那里去要求，我父亲没有去，然后那个老总说了一句很公道的话：以前去别的地方，派你们去没一个愿意去，我一派老汪老汪二话没说就去了，这次去国外，知道赚双份工资，那边是美元，都过来了，我偏不让你们去，偏让老汪去。我父亲去了之后，家里生活马上就改变了，那时是（19）80年代末，这边工资那边美金，一年可以回来三趟，冰箱彩电超薄的录像机，家里全都有了，一下子家里生活就好了，基本上就达到小康了。

记：家里条件不错了，你又是最小的儿子，父母宠着你吗？

汪：没有，家里宠我，我哥哥姐姐第一个就不同意。其实我和他们在一起时间很短，所以既算多生子女又算独生子女。我哥哥一直在苏州，姐姐十几岁就去外地上学了，和父亲在一起的时间也不长，他因为工作关系老是要出去的，岳阳接了个工程就去岳阳，太湖接了个工程就去太湖。

记：但是现在老人家年纪大了应该比较喜欢孩子在身边吧，你陪他们的时间多吗？

汪：没有，怕影响他们的二人世界。他们就希望我们在外面好好工作。

记：他们看你的节目吗？

汪：看啊，每个星期的必修课，平时他们看不到我就看我的节目，看我活蹦乱跳的，就知道哈，这小子还活着。

记：最喜欢你哪个节目？

汪：我的节目他们都喜欢，不是喜欢我的节目，而是喜欢我。

记：我本来还以为他们会抱怨儿子没时间陪他们呢。

汪：不会，他们两个可好玩了，非常好玩。我父亲70岁了，要求我给他买台电脑，要玩电子游戏，然后就一个人霸着电脑玩，不理我妈。我妈就去老年大学学拉二胡，学器乐把位很重要，初学者拉得很难听，我父亲只要一坐在电脑旁，她就开始拉二胡，理由还很充分“我要学习嘛”。我父亲偶尔搞点小金库，在生日时给我妈买个金手镯什么的。我母亲知道我父亲有小金库，就经常在我父亲面前宣布，“老头，今天家里搞大扫除哦”。意思就是说要“扫荡”了。我父亲就说，别，您别辛苦了，在这儿呢，然后把钱双手奉上。有的时候我妈看到小金库就数一下，2500，偷偷地塞500进去，凑足3000。父亲每天早上叫我母亲起床，就说“大学生上课啦”。他们老两口还相互告状，我妈一般打电话给我告状，我父亲一般打电话给我姐告状，每个都有支持者。

记：告什么呢？

汪：我妈就告状说“你爸不理我了”。我爸就跟我姐说“你妈拉二胡太野路子了”。

记：这老两口真还挺好玩的，这样幸福家庭培育出来的小孩子会特别健康。

汪：健康得一塌糊涂。其实我以前很恨我爸，他以前常常打我，打得特别厉害。我哥比我大十岁，想打也打不到，我姐比我大七岁，打女孩子不大好，我妈他肯定不敢打，一个知识分子，敢对工人阶级下手，那罪可就大了，连瞪一眼都不敢，那家里还有谁，就我了。打我是既过酒瘾又补身子，而且我小时候也调皮，爱玩，钻个防空洞，掏个鸟窝啊，又招人打，好好一件新的羽绒衣，那时不多见吧，一把火烧防空洞的时候烧了，父亲就打我。我就恨，凭什么打我，家里那么多人。其实他那时候工作不顺，单位老出事，他人又特别好，总帮人顶事。建筑单位要量地基，打错一个小数点，这是一个大学生做错的，那个时候如果算在那个大学生头上他就毁了，所以我父亲担下来了，于是单位通报批评。心里头自然会有怨气，怎么办？单位没法出气，回来之后，我恰巧又不听话，所以打得特别狠。

那个时候我觉得最开心的就是每天去上学，把书包一背，只要能离开我父亲视线范围就特别高兴，每天出去上学的时候就把门关得特别响，感觉那一声响声就是解放的礼炮，什么叫小鸟在前面带路就是这种感觉。有一次跑到一半被父亲叫回来了，那个慌啊，想难道出门之前还得再打一顿？战战兢兢地回去了，父亲指着洗脸水，哦，原来洗脸水忘倒了，匆匆忙忙把水倒掉之后就“嗖”一声像离弦的箭一样飞出去了。

后来有一件事。那个时候参加学校活动要穿蓝裤子白衬衫白网鞋，要偷一支粉笔把鞋刷得白白的，裤子还得折出缝压在枕头底下。那天我穿戴好之后要去参加学校合唱团的活动，刚出去父亲又叫我回去，我想怎么每次都这样呢？回去后父亲叫我转过身去。当时我心里那个慌啊，要知道反革命对杨虎城下手也是从背后下手的，我想这下可就完了。没想到父亲从背后帮我把衬衣拉了拉，他说男孩子穿衬衣不要只顾着前面，后面也要整理一下，然后说“去吧，好好表现，不要给爸爸丢脸”。那一刻，我的眼睛就湿润了，心想法西斯怎么变了，那时候就觉得我爸爸老了。我父亲比我大35岁，他35岁生的我，那时候也已经年过半百了，好多白头发，当时我什么话没说就走了，但从此以后，每次离家关门就特别轻，每次出门还偷偷往门缝里看看，他也在看着我。从那时候起，我和父亲关系就特别好。我觉得做父亲很不容易，其实他也不想打我。

记：中国父母不太善于表达自己的感情，其实他们内心很温柔的。

汪：所以张爱玲不是说了吗，因为懂得所以慈悲。

记：你了解了父亲对你的爱后你会有表现吗？

汪：那当然表现喽。我对我父亲说我爱你。

记：真的啊？

汪：我经常对我父母亲说，这有什么，父母亲，你本来就爱他们。现在我回去，我还经常搂着我妈，让她亲我呢。

记：很少有人这样直接表现的呢？

汪：这有什么很少？我还经常让我妈抱我，我说“妈，你抱抱看，还抱得动我吗？”我妈还真抱，说“哎哟，抱不动了儿子。”我妈“嘣”地亲我一下。我每次回家就把妈一抱，说，妈，我越来越爱你了。我有时候出门的时候说，妈，我爱你啊。我妈也说，儿子，我也爱你啊。这是一种好习惯，我回家还让我妈背我呢，她背不动，我就说来，我背你。

记：我们刚刚在这个咖啡馆里做了个小小的社会调查，发现就只有你是会对父母说“我爱你”的，看来我们要向你学习，回去和爸妈说说。

汪：可能也是家庭的影响。我祖父是教会学校毕业的，父亲以前也读教会学校的。祖父是上海老克腊，从来不穿拖鞋胶鞋，下雨天有下雨天的皮鞋，从来不用折叠伞，出门用发油把头发弄得油光锃亮，身上永远带手绢。上海闲话讲阿爹。

记：上海闲话也会得讲？

汪：会得讲会得讲，上海闲话也老灵咯，阿拉爷苏州倿嘛？

我祖父早上去喝茶，看NEWSPAPER，是看英文报纸的。我觉得这种生活方式很好，所以努力地学习。他没什么事就在苏州园林拎着鸟笼逛，喝茶聊天。小时候6岁以前的记忆会对你影响很大，而我的记忆就是晃荡。

记：但你前面说你父亲那时对你很严厉，他应该不希望你是晃荡的，他希望你做什么？

汪：子承父业，做工程师。其实我小时候想当解放军，但看战争片发现解放军也会牺牲，就不想当了。

记：你还是个贪生怕死的主啊？

汪：然后初中就想当门客，好吃懒做，但有智慧，能帮公子解决事情。

记：是谋士？

汪：对，然后公子就会奖励我黄金万两，绸缎多少多少匹，一高兴说不定还把身边的某个丫鬟赏我了。可以跟着出去作威作福，狐假虎威，但也觉得不好，因为要替公子顶罪。后来就想当名士，我到现在也觉得这种生活方式挺好的，平时玄谈，谈谈风月，喝喝咖啡，抽抽雪茄烟斗，会点武功弄点政治，弄把剑在身上出去看看有没有美女可以救，打得赢就自己上，打不赢就喊一帮人一起上。其实当建筑师也想过，因为看到父亲设计的高楼大厦很漂亮，长沙有很多他的作品。

记：你的理想还挺英雄主义的嘛，那现实中有英雄救美的机会吗？

汪：没有，我平时又不爱去酒吧，去打球什么的也没有美女让我救，最多就是表现得绅士一点而已。

“做‘花花公子’挺好的”

汪：有句话说“要想安，三里常不干”，“三里”是个穴位，就是说人要保持长久的平安，就要保持足三里这个穴位这里不干，要用艾叶草去熏它，把身体里的毒熏出来。就像木头烧成炭就不会坏一样，人要不朽就得锻造历练。

记：生于忧患，死于安乐？

汪：是的。老天爷要让你成就一些事情，一定要先磨练你。

记：那你被磨练了吗？

汪：就是小时候得病啊，那个时候就学会思考。其实快乐无处不在，只要你愿意去找。像我们两个（指他和老板），有的时候就会去用火烧小白蚂蚁，很好玩的。

记：能找到这么志同道合的朋友还蛮好的。

汪：就怕有人要混到我们的队伍中来，还不能把他开除出去。

记：为什么啊？

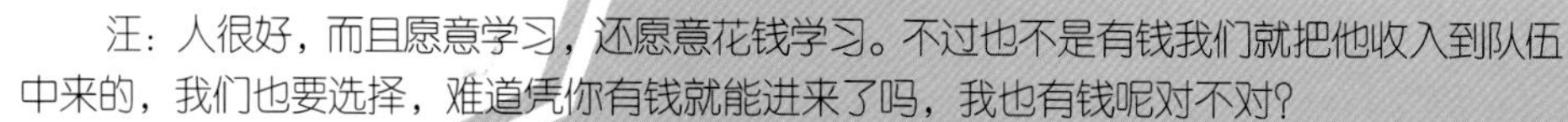

汪：人很好，而且愿意学习，还愿意花钱学习。不过也不是有钱我们就把他收入到队伍中来的，我们也要选择，难道凭你有钱就能进来了吗，我也有钱呢对不对?

记：你朋友是圈内的多还是圈外的多?

汪：圈外的多，其实朋友也不多。有时候我来这里也不消费，我还抽他的呢。不过有时候半夜我也买一堆吃的东西，打个电话“等着我啊”。有时候打个电话，问“有没有新货”(指烟斗)，像毒品交易似的就过来了。

记：日子过得还挺滋润的?

汪：是啊。李咏做节目做到失眠，我可想不通了。

记：对哦，中央台的主持人都做到神经衰弱。

汪：执着嘛。还说什么收视率是万恶之源，阿弥陀佛。老子早就讲了，“天地不仁，视万物为刍狗”，人太自恋了，总觉得能赋予别的东西什么。说天地造人，我们觉得天伟大地伟大，他才不伟大呢，在他眼里你和一个小猫猫小狗狗是一样的。谁说人是万物之灵，是你自己说自己是万物之灵啊，恐龙统治世界的时候，你敢出现，一口吃你6个。所以我说不要太自恋了，不要太自以为是了，你就尽可能地活着，享受着，就好像我们吃饭前感谢上帝一样。

记：就是要有感恩的心态?

汪：感恩的心，感谢有你，感谢……(唱)如果你心有挂碍，睡在哪里都会做噩梦，如果你心无挂碍，你就会睡得很踏实。

记：你以前说做错节目会被批评，现在汪大牌了也会被批评吗?

汪：照批不误。

记：需要写检查吗?

汪：不用，制片人写。

记：是汪大牌的关系吗?

汪：不是，制片人最大，都得他来写。我嘛，就花着自己的钱，偷偷过着自己的小日子。

记：父母那么浪漫的基因遗传到你身上了吗?

汪：浪费，多了就浪费，多了就奢侈了。

记：你以前不是有连夜开着车只为送一块巧克力的浪漫吗?

汪：是啊，浪漫，但做得多了就是浪费。他(指老板)很好玩的，在凤凰开了店，他老婆非典期间没地方去就去凤凰，就在那边认识的。他老婆是长沙人，他就来长沙开了一家店。他老婆是我女友。

记：小心被他听见，扁你 。

汪：这有什么，都是很好的朋友。

记：那你自己女友呢?

汪：我女友不是他老婆。

记：有时间陪你女友吗?

汪：有哦。

记：你是个大男子主义的人?

汪：不是，是个女权主义的人。我觉得男人就应该是“神”，出门是财神，要去赚钱嘛，回来是门神，要抵御一些危险，进到厨房是灶神，要会做菜，呆在家里要把老婆孩子哄开心了。

记：会做饭吗?

汪：开玩笑！做得非常好，我很喜欢做菜。其实我觉得做个“花花公子”挺好的，对自己花一点心思，对爱人花一点心思。

记：谢谢汪涵接受我的采访。

汪：今天下午还过得愉快吗？不虚此行吧?

记：嗯，挺愉快的，不过耽误了你蛮长时间。

汪：你又没约束我，我在这里也挺自由的。

柯以敏：在这个行业里，我已经是个妖精了

有人说,柯以敏在“超级女声”里的评判太刻薄,也有人就专门欣赏她的率真。

你说呢?

有人说柯以敏在“超级女声”里的评判太刻薄,也有人就专门欣赏她的率真。

这全都缘于一次比赛。

在杭州赛区,一位叫韩真真的女选手把歌曲唱砸了以后,解释说自己近视眼,眼睛又发炎而不能戴隐形眼镜所以看不清东西。柯以敏当众接过话,“身为一个歌手是不能有任何借口的,在我父亲去世的那天,我在开演唱会,这个情况比你是近视眼要严重得多。你将来可以是一个巨星,但是你这样反驳评委注定你不会走太远。”

对方羞愧得无话可言。

柯以敏为何许人物?她不够张柏芝漂亮,也过了S.H.E蹦蹦跳跳的年龄,但她永远有那么一群歌迷,当年在收音机前被她那曲《爱我》感动得一塌糊涂,于是记下了她大海般的歌声,在KTV房间里扯着嗓子模仿她。

当然,你不知道她也不奇怪。1996年,在与李玟共同演绎高难度《她在睡前哭泣》而被封号为台湾的惠特尼·休斯顿及玛丽亚·凯莉后,柯以敏从大红大紫的巅峰激流勇退,嫁人消失,直到当去年重新返回流行乐坛的时候,她需要重新向20几岁的小朋友介绍自己,有点尴尬。

巧的是,在担当“超级女声”评委时,恰恰又和这群20几岁的小姑娘过招,让对方领教了她的厉害。

韩真真难过死了,当众被批评,当众被柯以敏数落。然而,最后一刻出乎意料的事情发生了——柯以敏把手中唯一的一票竟然投给了她,韩真真却仍旧不幸遭淘汰,看到结果,柯以敏忍不住趴在黑楠肩上痛哭,荧屏内外已成一片泪海。

“我跟她说过,你最拿分的是在台上拿着把吉他唱,她偏不听。”事后,柯以敏仍较真。

迹象表明,这个33岁的女人只有两种可能性,要么大真,要么大假——率真到说话无视摄像机的存在,或者虚假到场场在“超级女声”作秀。你说呢?

采访那天夜里,一个从广州赛区专门跑到上海来拜访柯以敏的女孩子坐在对面旁听。明显,她想得到些指点,或者得到在比赛中脱颖而出的捷径。她的妆容画得无可挑剔,小心翼翼地等着柯老师的回答。

“你不适合唱歌。”柯以敏穿着T恤短裤,啜一口咖啡,“我建议你去做主持人,像你这么漂亮的主持人很少见,歌手这条路不适合你,你会很辛苦。”

又是一针见血。柯以敏说,你提问吧,有问必答。

贿赂风波

记者:柯以敏你好,在“超级女声”的评委团里,你把自己定位成什么?老师还是一个歌星?

柯以敏:老师。我们私下里都有教她们唱歌,告诉她们如何脱颖而出。

记者:这个本事不小,你得看透每一个人。这是额外的工作吗?

柯以敏:对。本来我的经纪人不让我接这份工作,时间太长,赚得太少。但我说,接!很有意思的,这也能帮我在20几岁的歌迷中打开知名度。

记者:你喜欢我叫你柯老师还是Mindy?

柯以敏:请叫我Mindy(柯的英文名)。对不起,我能问下你是什么星座的吗?

记者:采访完了你来猜。

柯以敏:好吧。你是火相的吗?很难看得出来。

记者:你是?

柯以敏:我是牧羊座,很冲动的那种。

记者:“超级女声”海选过程中,听说选手来贿赂你,你冲动地收了钱,还是拒绝了她?

柯以敏:真的有一个女孩,家里很有钱的样子,拎着两百万元的现金过来,问我,“柯老师,你看这些钱够吗?能不能让我红?”我看了一眼问她,这两百万能带给你什么呢?她说:“就像你一样啊,到哪里都能被人认出来,出门坐头等舱,住五星的酒店,很有钱啊。”

记者:可她现在已经很有钱了呀。

柯以敏:是呀,我跟她说,你拿着这两百万,够20多万美金了,出门也能坐头等舱,去国外专住假日酒店,你不要用信用卡,就带着这些现金,在大堂里打开你的皮箱,你看能得到什么样的服务?!简直是V-V-V-VIP服务!这样你也就有名气了!

记者:那么有没有女孩落选之后哭着骂你:柯以敏,我那么热爱唱歌,你毁了我一辈子?

柯以敏:我遇到过几个。本来我听到以后也想发火,不过转个念头就忍住了。我跟她说,你是要现在毁在我手里好,还是以后毁在别人手里好?好,If(如果)你家里很有钱,你老爸拿出几千万帮你出张唱片,可你实在唱得一般般,半红不紫,到处被人批评,你说你是现在毁在我手里还是到时候毁在媒体笔下好?

记者:也好,总算尝了把娱乐圈的滋味。

柯以敏:这算好的!换一种情况,If你家里没钱还想红,怎么办?让父母去借钱,还是自己想方设法地赚?这样的女孩我见过太多了,最后什么都不会得到。

唱片业是个Business

记者:你说得很有道理,但她们可能会说,柯老师你站着说话不嫌腰疼,你都出名了,为什么不让我出名。

柯以敏：苏丹，我跟你讲，这个行业里，我已经是个妖精了，我看过太多，我不想让她们受伤害。

记者：20岁的你是什么样子的女孩？你也是参加唱歌比赛出名的，当年的“超级女声”。

柯以敏：13年前了，我在伦敦念书，有个外国男朋友，生活很简单，打扮跟现在没什么两样，喜欢运动装，打篮球。后来参加唱歌比赛，就去台湾发展了。

记者：你没受过伤吗？20来岁的时候。

柯以敏：太多。当时为了发展唱歌事业，我一个人离开马来西亚，对唱片业是很憧憬的。那时候我不会讲话，不爱参加Party，因为我知道我不是漂亮型歌手，衣服露得再低，永远是杂志上最小的一块照片。慢慢我才知道，很多东西是喝酒喝出来的，是交际出来的，唱片业是Business（生意）！

记者：比如说？

柯以敏：有一次唱片公司通知我说，Mindy，有个颁奖礼要你去参加一下，你得了什么什么奖。Ok，我去剪头发，去订衣服，都弄好了，唱片公司又通知我说，不好意思，公司另外一个歌手刚出唱片正在宣传期，你让给她吧。

记者：愤慨。

柯以敏：是啊。我今年才33岁，经历的事太多了，做生意一赔几百万，我妈说你怎么总是那么辛苦呢，家里又不是养不起你。我就讨厌听这句话。其实现在我的性格还是不适合娱乐圈，我脾气太直了。不过这么多年过来，我知道该如何保护自己了，如果今天上一个电视节目，我绝对会去讨好摄像师，因为我想让他把我拍得更漂亮。

记者：你知道吗？Mindy，说教对20多岁的人不管用的，就像你当年，受伤了才知道轻重，这些女孩回家之后还是会想着怎么红。

柯以敏：我清楚，我没资格批评她们。她们都很勇敢，很可爱。但太多的女孩，脑子中没有未来，haven of uture！所以我还是忍不住苦口婆心告诉她们，你们以为“红”是什么？今天刘德华出场就不会有我。我就认识两个女孩，她们告诉我来比赛就是为了锻炼自己，以后上大学再大的挑战也不怕了。Ok，我欣赏她们，我愿意帮她们，因为她们脑子中有未来。

唱好歌，先做好人

记者：唱歌怎么才能这么好听呢？

柯以敏：……

记者：不愿意透露独家秘笈吗？

柯以敏：跟丹田运气很有关系，要讲太多啦，还有你的声线……

记者：那么唱歌怎么才能唱出感情呢？

柯以敏：多谈恋爱吧。别人就问我，柯以敏，你怎么唱哪一首歌都这么有感情呢？我说我谈的恋爱够多呀。

记者：看过你一次上戴军的节目，你说你的丈夫并不是你的最爱。有这回事吗？

柯以敏：前几天我们刚刚庆祝了7周年结婚日，我跟他说，我希望你是我一辈子的男人，但你别指望我一辈子只爱你一个人。

记者：听上去很奇怪，怎么会是这样？

柯以敏：当初我们结婚的时候，没有一个朋友不反对的。我老公也又不帅，又胖，就跟香港的导演王晶似的。就是那种缘分到了吧，当初还是我问他的，"喂，我们要结婚吗？"他说"好呀"。你知道吗？其实我希望他说不好的。说出去的话，泼出去的水，没办法，就结了呗。我希望我对婚姻，对我们的女儿保持着责任感，给女儿一个完整的家庭。但我并不觉得老公就是时刻相守，他有他的世界，我有我的生活，有时候我还会跟他讲，哎，你看，那个男人长得不错哦。夫妻就是一个有难，另一个马上能跳出来，这是最要紧的。

记者：听上去他好像你的爸爸，而非爱人。

柯以敏：对对，我的心理医生说我有恋父情结。我和我爸的关系特别好，我们一起去喝酒，一起聊天，我甚至会给他分享我的爱情故事，我们就像朋友一样。

记者：你在《超级女声》里提到，你父亲去世的时候你还在开演唱会，当时为了什么？

柯以敏：我父亲出事的那天，一切都好好的。他说要去休息一下，我说好啊，晚上一起去吃饭，你买单，没想到他突然就不行了。演唱会那天我是可以不去的，因为我有足够大的理由。但我告诉自己不能这样，唱歌的时候我脸上在笑，其实拿麦克风的手都在发抖。

记者：你有足够大的理由不去唱的。

柯以敏：没错，但我没有一点犹豫，可能跟我家的教育有关吧，做事情就要做好。其实我爸去世这件事对我打击很大，那时候我才21岁，事业刚刚起步。很多人不知道，我整整花了10年的时间去看心理医生，什么方法都试过了。牧师跟我说，你可以祈祷，祈祷奇迹出现啊，我便问他Howmuch（需要多少钱）才能让奇迹发生。

记者：这件事估计对《超级女声》的小朋友挺有教育意义的。

柯以敏：唱好歌，先做好人吧。

记者：后来还听说一次你在唱歌的时候腰痛得都哭出来了，当歌手不用这么虐待自己吧？

柯以敏：那是去年十月份。我复出歌坛发唱片之前因为运动拉伤了腰部，腰椎间盘突出，站都站不起来，医生要我开刀，我不干，因为在工体有一场演唱会，我已经收了钱，而且机会也特别好。最后我是被他们抬上去的，靠着东西把歌给唱完了，一下楼梯就趴倒了。

记者：太危险了。

柯以敏：嗯，后来就没站起来，只能躺在床上接受治疗，两个保姆轮着给我喂饭。那时候每天早上5点钟是最疼的时候，我躺在那哭，心里想完了，这下可死定了。我还跟保姆开玩笑说，要是我死了，保险也能拿到钱。又有一天早上，我的脑袋一片空白，我自己爬下床，往窗边爬，她们一下子把我从后面拉了回来。

记者：那时候想死？

柯以敏：我也不知道。后来台湾的医生朋友也给了我好多维他命吃，两个月就奇迹地好起来了。感谢瑜伽和佛学，我承诺我自己，再次回到歌坛，我一定要说真话，一定要开心。

感谢“超女”让我“咸鱼翻身”

一档电视综艺节目“超级女声”,让在歌坛沉寂多年的柯以敏“咸鱼翻身”,成功迎来了“事业第二春”。记者问柯以敏,如何评价这段难忘的经历?没加思索,她吐出八个字:翻山越岭、雨过天晴!

真是实实在在的心声!

影响一 无数广告商找上门

“超级女声”比赛正酣,柯以敏突然宣布退出,离开“万人联合声讨,要求下课”的旋涡,她本以为,自己的生活可以就此平静。

但休止符岂是那么容易就画上的?

和“超女”之前任何一个平常日子一样,离开长沙后的柯以敏戴着墨镜去北京某商场买内衣,还没结完账,就听到身后的窃窃私语:“你们看,你们看,那个就是“超级女声”里的柯以敏,原来她买这个牌子的内衣啊!”

难以想像,就在四五个月前,“超级女声”尚未喧嚣之时,即便是不戴墨镜,柯以敏走上街能争取到的回头率恐怕也不多。

她自己也承认,退隐“超女”幕后,她才发现自己真的红了,“‘超女’对我的影响太大了,一下子有无数的广告商找上我,而且,就连我的发型、服饰都成了很多人模仿的对象。不过这也产生了负面影响,我要开始注意自己说过的每句话,每个打扮,因为引导得不好,就是一个反面教材。”话虽这么说,但语气中的喜悦,表露无遗。她告诉记者,现在大家把关注点都集中在她个人身上,反而对她的歌手身份模糊了,“我还是希望很多‘粉丝’能回到音乐中来,注意到我的新专辑”。

影响二 酝酿“超女”培训班

记者问柯以敏,当初为什么会答应做“超女”评委?她答得干脆而直接:“很简单,我的歌唱事业停了4年,我要个曝光率。除此之外,没其他想法。”没想更多想法的她,更没想到,几个月后的自己会因为“超女”迎来那么多的关注,“最初我想,自己不是德高望重的艺术家,没有那么深的内涵,那就索性来个玩票性质的点评。我的个性就是这样,有话直说,憋着难受,没想到后来引起了轩然大波。不过,我还是要感谢我的搭档黑楠,是他让我的个性显露无遗。”

“超女”的成功运作,显然给了她和黑楠无数灵感。柯以敏告诉记者,卸下评委重任后,今年11月,她有意和黑楠一起在北戴河办一个为期两个月的歌手培训班,“我们会举行一个很大型的筛选活动,从中挑选60名有实力的选手,经过培训后他们会有机会在我们的新专辑中参与合唱、一起拍 MV,甚至和其他港台艺人合作”。听上去,柯以敏对明年即将出炉的“柯楠超级女声”颇为看好。她透露,学校报名的条件和“超女”相仿,只要热爱唱歌,什么人都有机会,虽说报名工作要从 10 月开始,但据说网站上已经有三千多人提前“取号”。

影响三 “超女”语录收进新专辑

柯以敏的新专辑即将在11月推出,虽说当事人向记者表示,新专辑并非搭“超女”顺风车,早在“超女”之前就操作了一半,但显然,凭借柯以敏今时今日的人气,专辑宣传已成功一半。

她向记者透露,新专辑里的歌曲标题都用了自己的口头禅,什么“答应我,好吗?”、“Very, very good”……听上去,哪一个不是她在“超女”里频繁使用的字眼?光冲着这熟悉度,很多“超女粉丝”就会一拥而上。不过,柯以敏也坦言:“做了‘超女’评委后再出专辑,压力会比较大,因为之前是评委老师,很多选手都会关注我的唱法,以前专辑里十首歌中只要有一两首歌好听就行了,现在不行,那么多人盯着你,每首歌都不能马虎。”

“超女”的影响力还远不止这些,由于头顶着极高的人气,现在她和黑楠都受邀参加一档电视节目《月夜乐美丽》,节目中他们会邀请很多知名歌手前来畅谈。

更让她本人意想不到的是,“超女”余波远隔千山万水,甚至到了她的家乡马来西亚。“一位国际唱片公司的老板,看了这个节目后重金聘我去担任一个比赛的评委,而且一再坚持,要我保持我的评委风格。你说,要是没有“超级女声”,这样的事怎么可能发生?”柯以敏反问记者。

黑 楠

黑楠是谁？一个普通的音乐监制。直到“枪击”事件之前，大多人对这个一脸严肃、总拧着眉头说话的男子还几乎一无所知。然而，他就这样突然之间红了——在“超级女声”还未演变成如今的大众娱乐项目之前，正是“柯楠”组合不留情面的点评风格，使得“超女”在骂声中壮大起来。

“5进3”之后，黑楠突然决定“罢工”，留下了几句模棱两可的话：“因为需要承载的意义太多了，本来只是为了快乐，现在我自己觉得不快乐……我觉得她们承担不起，我也承担不起。”黑楠退出了，在离“超级女声”冠军诞生仅有两天之时！黑楠经纪人李响透露，黑楠之所以离开“超女”，与此前柯以敏类似，是由于父母家人担心其安全；此外，因“超女”久拖的新专辑录音工作再也不能拖延，也是一大原因。在随后做客某网站聊天室时，黑楠本人透露，将推出一本有关“超女”的新书，同时，将与老搭档柯以敏合作，在电视台开一档新节目，叫《月夜乐美丽》。

而在在做客某网站聊天时，黑楠说，其实有关本周赴长沙担任评委的事情，湖南卫视方面一直没和他联系过，“据我所知，决赛的形式一直没定下来，但对于超级女声，我之前的理解就是每到周末我们都会过一个快乐的周末，海选是我们跟选手一起联欢，到这个阶段，因为牵扯的精力太多，我和柯以敏有自己的唱片要出，所以不可能拿一个星期出来”。

黑楠经纪人李响告诉记者，接下来，“柯楠”两人都要出新专辑，之前有很多时间都让给了湖南卫视，往往周五比赛，周四就要到长沙，一周内，大家都没有静心下来录音，“大家都知道，录一张新专辑或者新歌需要时间在那儿磨，我们确实没有时间。所以，这周五也是因为我们之前定好录音室，正好湖南卫视也没通知我们。”

黑楠坦言，作为“超级女声”评委，之所以从海选坚持到现在，是因为一直很开心，但越到后来，越觉得心在流血，在做最后决定前，也曾好多次动摇过，问自己要不要退出，“本来只是为了快乐，现在我自己觉得不快乐，不快乐的原因很简单，直接诱发我离开最后一场评委工作的原因，就是看到5进3PK结束以后，李宇春哭得倒在地上，我心如刀割。”

黑楠的妈妈经常看“超级女声”，因为有儿子参加，上一场结束后，黑妈妈语重心长地对儿子说，不太愿意让他再做这个节目了，黑楠非常孝顺，他觉得不能让家人帮他一起承担这么大的压力。

早在柯以敏退出时，便引发猜测，这是柯和湖南卫视方面的一个联合炒作，以便让“超级女声”新闻不断，借此提高影响率和收视率，如今，黑楠几乎“如法炮制”柯以敏的做法，又引来相同的“炒作”猜测。

对此黑楠说：“湖南卫视非常专业，他们尊重专业的人，在和节目组合作的过程中，从去年到今年，我做什么决定，包括我讲什么话，他们只有一句话，尊重评委的决定。”

另外担任“超级女声”评委期间，黑楠不断受到黑枪、黑钱传闻的困扰，此番退出，有人猜测，是怕再受人身威胁。

尽管如此，黑楠还是应邀出现在了超级女声总决选的现场。这一次，他的身份只是观众。电视屏幕上，镜头不时晃到黑楠边听边摇晃身体满脸陶醉的样子。

明年是否还会继续来当“超级女声”的评委，黑楠表示还没有确定。如今能确定的是，一举成名后的他明年将忙得团团转：出个人唱片、出书，还要做一档电视节目。

原来他出道时签的就是歌手约，只不过后来因为某种原因才做起了幕后，如今打出了自己的名头，从幕后转到幕前自然理所当然。而传说中要出的那本有关“超女”的书，将记录下黑楠所了解到的诸多内幕和故事，包括对易慧的欣赏、对周笔畅的称赞、对张靓颖的推崇以及对李宇春的忠告，“在节目中，我的话都是经过深思熟虑才讲出来的，很多话里有玄机，有些东西需要阐述，不是用一个短语、一句话就能讲清楚。我觉得每个人会有一个理解，但是我会给出我自己的答案。”

此外，黑楠还打算在明年与柯以敏共同打造一档属于自己的电视节目《月夜乐美丽》：“这些女孩子太有才华了，但是她们现在还很稚嫩，我们就是想通过这档节目告诉她们，怎样才能获得真正的成功。”

不过，最大的收获不是名气，也不是金钱。全程亲历了“超级女声”，黑楠自称最大的收获是被超女们的质朴所感动：“她们重新点燃了我对流行音乐的热情，让我觉得流行音乐也可以感动人。还有工作人员与歌迷们的投入，每次比赛结束，现场都会被他们的眼泪所淹没，那样的场面非常难忘。”在“超级女声”的红人名单里，最不能遗漏的名字就是黑楠。在记住了那些光彩照人的超女的同时，人们也认识了这个头发短短、总是戴一副黑框眼镜的评委叔叔。

何炅：深受“超女”所累

约何炅采访的时候说会问问有关他的现状，包括做“超女”评委，《快乐大本营》主持人拉票，他的新专辑等等，他的回复是采访可以，但是不谈“超女”。

在柯以敏中途退出“超女”之后，何炅临危受命，推掉了自己手头上的工作，坐上了“超级女声”总决选的评委席。

不过知道他也深受“超女”所累，在总决选期间他去上海宣传自己的新专辑，结果专辑发布会基本上变成了“超女”疑难解答，想着他对“超女”封口可能就是因为不想再让这个比赛喧宾夺主，影响了他其他的工作，不过真正采访以后，才知道，因为“超女”，他遭遇了一些不太愉快的事情。

见到何炅是在化妆间，他刚刚彩排结束，当天晚上是《快乐大本营》的“主持人决战之夜”，也就是那个他们几个星期前办的“主持人 PK 赛”会在当天晚上有一个最终结果。

“光看见贼吃肉了没看见贼挨打”

记者（以下简称记）：何老师，你好瘦啊，是不是工作太辛苦了？

何炅（以下简称何）：我是个胖不起来的人，大概不做主持人也会这么瘦。

记：是不是觉得做老师这份工作太稳定了，看得到自己十年之后的样子，所以才在外面接各种各样的活来干，主持、唱歌、演戏啊什么的？

何：其实做老师也是可以有挑战的，但是那种感觉和别的行业的挑战都是一样的，其实说到底大多数行业的前途都是一定的，你干得好就慢慢升职，除了演艺圈有很多未知数以外，很多职业都是像老师一样。

记：你喜欢有未知数的东西？

何：对，我是很喜欢未知数的东西，所以我才会做很多跟别人的想法不一样的东西，比如唱歌不唱那些阳光快乐的歌曲，而是唱那种忧郁的情歌，或者接电视剧的时候一接就是40集的古装剧，或者是别人都已经在娱乐圈全力发展而我还在做老师。我做很多和别人不一样的事情就是因为我很喜欢挑战，喜欢未知数。但是与此同时，生活中还是得有一个根本，能够站得住脚的东西。而且我的性格里稳定的东西占多数，我是A型血金牛座，不管是血型还是星座都是要求稳定的，而且所受的教育也是如此。当年我妈妈特别希望我能留在北京，有份踏实的工作。我是愿意尝试一些挑战，但与此同时我还是想要有点稳定，我并不排除别的稳定的工作，但我在北外特别顺理成章，因为大学就是在那里读的，对学校很有感情，跟老师也很有交情，所以对我来说那是很习惯的环境。

记：你现在的工作状态给我的感觉就是种了很多棵树，万一这棵树收成不好，没关系，还有旁边其他的树呢。

何：对，有这个功效，但也有互相影响，比如在这棵树上收获成果了本来是件高兴的事但还得担心另一棵树的情况。所以说工作和爱情不能兼顾就是这么有道理的事情，有的时候你在准备一件很重要的事情，但正好和你的男朋友有点小摩擦，他问“你怎么没回来吃饭”什么的，这样就会影响你的工作情绪。我也会有，就比如说我在发唱片的时候，做评委就会给我带来很多困扰，而在“大本营”这边我也会有担心，到底我能不能留下来。所以世界上的事情总是公平的，你要有获得总得有付出，你获得比别人多就得付出多。那天我去参加一个节目，主持人的一句话特别搞笑，说“光看见贼吃肉了没看见贼挨打”，虽然是个歪理，但道理却是对的。不同的是我比任何人都要幸运点，我所从事的事情总体上来说都是成功的，不管唱歌主持演戏，虽然每个方面都还有点微疵。我觉得自己很幸运，我的努力对得起这份辛苦。

记：现在《快乐大本营》要让你们根据观众的短信投票数来决定谁去谁留，是不是挺委屈的？

何：开始说的不是这样的，就说做个投票，票数高的主持人占主要位置，票数低的就开始进行拉票，接下来再进行一些人气的推广。节目真正进行之后就发现顺序不对，是先拉票，拉票完了再看短信票数，口号也变成“谁将离开”，让大家以为谁会被淘汰，其实淘汰是错的，湖南卫视和《快乐大本营》都不会淘汰谁，而观众的选择只是决定票数高的在下一轮《快乐大本营》的改版中占主要位置，而另两位票数低的就代表还有提升空间，他们就会接受湖南卫视一系列提高人气的安排。刚开始我也有误解，就是在宣传片“谁将离开”出来之后，事情和刚开始和我们说的不一样。

记：是不是感觉被骗了？

何：不过我们也知道有时候话不说到那个份上，就不好做。

有的人说你们是个炒作，其实电视本身就是一个宣传，吸引人看就是炒作，但我们把炒作变成了一个“恶性炒作”的代名词，但大本营没有恶性炒作，没有说别人的事，只是拿自己开刀，这是一个最依赖主持人，也是主持人最依赖节目的节目，这是拿自己开刀。要不是我们真的爱这个节目，大可不参加这次活动，包括娜娜也好，嘉嘉也好，要不是爱这个节目，我们大可以一开始就说“行，我们不做了”，自己主动走总比被选下去要好，不会被别人说成是被选下来的。但这样对节目不好，我们还是相信湖南台会善待我们。

记：这三场拉票会下来感觉怎么样？

何：我们三个人还是各有风格的，就说嘉嘉好了，他是一个非常善良的人，永远知道自己的位置在哪里，以前李湘在的时候，他站在我们后面，李湘走了，他就站出来，而等娜娜来了，他就又退回到自己的位置。这次的拉票会让他发挥出了自己，很多人包括我论坛上的死忠粉丝，也说虽然我很喜欢何炅哥，但是这一次我要给嘉嘉投票。娜娜也是把她的优点凸显。而且重点不一样，嘉嘉突出的是他的付出，所以有很多动情点，娜娜突出的是她的才能，包括情，观众之情，爱人之情，朋友之情。我做的就是一份感激，我是受“大本营”和观众恩惠最多的，所以要感谢，我知道我那一场是最不能哭的，虽然当时我很感动。

记：特别是和那个“手语女孩”一起表演的时候。

何：对啊，虽然我全身发麻，但是我还是拼命忍住了泪，我觉得自己那么幸福一定要给大家一张笑脸。

记：知道你是一个很容易动情的人，在舞台上也看你掉过好多次眼泪，这次你的拉票会我想何老师肯定又要泪洒舞台了，不过你没有。

何：我没有。我那场对我来讲很重要，而且没有一个活动能集中我那么多的FANS，很多都是自己坐火车从全国各地赶过来，而且自己跟大本营说我们要怎么做怎么做。我特别感动。每个人都觉得各自的拉票会是最好的，我们三个都觉得很值得。我们第一场的“告别演唱会”特别好，做完下来我们三个人都怕，不知道怎么收场，我对大本营的编导说我们面临两个危机，一个是信任危机，一个是情感危机。其实我们一开始不哭成那样就好了，观众们都被我们弄得流下眼泪，如果到最后不是留下一个人的话，观众会觉得我们是在开玩笑，是在骗他们感情，没人会再信我们，这就是信任危机。但观众都觉得我们不错，下掉任何一个都是情感危机，观众们会想不明白“大本营”怎么会拿这么好的主持人开刀。所以我想这么受关注是因为所有人都在想看“大本营”接下去会怎么做。如果我是编导的话，哪怕牺牲一点信任危机，也要度过这个情感危机，我觉得这是感情。

何：是啊，在这过程当中我们创造不少奇迹。娜娜是一个晚上练三个舞，我是一个小时学踢踏舞，直播前一天我练到凌晨四点，虽然动作都会了，但我想记得再熟练一点。

做“超女”评委不是主动的

记：接下来就会有一个“闪亮新主播”的主持人选拔赛？

何：我觉得湖南卫视有很伟大的创意，一开始并没有主持人海选的想法，只是《快乐大本营》的想法。但这次“超女”给了湖南卫视一个很大的信心，就是民间藏龙卧虎，相信这次主持人选拔也一样。

记：你会做评委吗？

何：我会。

记：这个评委和做“超女”评委有什么不一样？

何：我们三个（包括李维嘉和谢娜）都会做评委。这次是以《快乐大本营》主持人选拔为龙头，然后前面的五强或十强会和湖南卫视签约，成为湖南卫视的主持人。我觉得这两个评委肯定不一样，“超女”的评委我不是很主动，接受这个任务是很被动的，而且并不是在我有时间的情况下，而是在我推掉很多工作的情况下来担当的。这个很简单，就是接受湖南卫视的召唤，虽然我没和湖南卫视签约，但我觉得这是家，台长是家长，他从来不要求我什么，就是在这次说炅炅我们希望你过来。

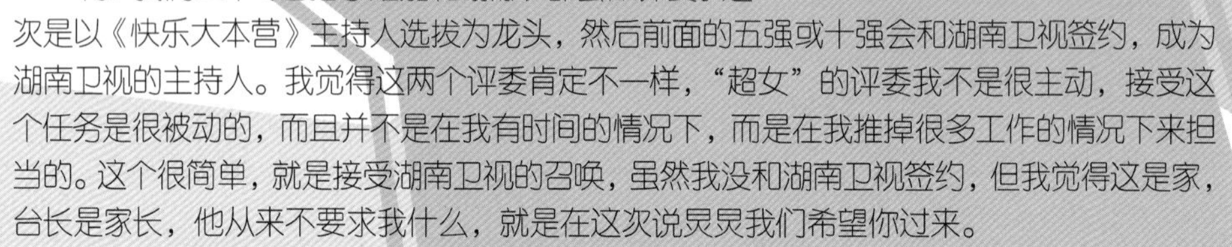

记：需要你来救场？

何：没有救场那么严重，但是确实需要你。当时我手头有很多工作。

记：听说你是特地从香港过来的。

何：我不是从香港过来，而是我快要上飞机了。上个星期我还拿了发票去找“超级女声”剧组报销呢。

记：是去香港的机票吗？

何：不是，机票退掉了。但是有一个钱我一定得找他报，那就是宾馆的钱，是找旅行社订的，先付好钱，你不去住也不会退给你钱，这可是不少钱呢。我们公司说这个好像不该由我们来，然后“超女”剧组很爽快地帮我们报掉了。还有我自己有唱片的宣传和电视剧的宣传，虽然做评委不会花我太多时间，但我需要把很多工作重新调整。

记：那你的时间是怎么安排的？

何：每次我都是下午的时候到长沙，先回家吃饭，因为每次回长沙我都要先回家吃饭，和父母团聚这是最重要的事情。差不多七点半的时候去化妆间化妆，然后八点的时候有一个会议，评委要开会，我们要了解整个比赛的进程，然后下了节目我就走，准备第二天“大本营”的排练。所以在整个的比赛当中，我并没有花太多的心思，只是因为我在做完第一场的时候去上海宣传，然而在上海遇到一件不太愉快的事情。之后我就宣布封口。

记：是不是因为那次大家不问专辑只问“超女”的事情？

何：不是，这个对我没关系，我很理解大家的工作，记者有自己的版面要求，这个时候不能用很大的版面来介绍何炅的一张专辑，那个读者也不要看，现在“超女”是热点，大家关注是应该的，让我气愤的是你可以写但你不能编。

记：有人编了？

何：对啊。当时我说的很简单，就是作为评委我不能对比赛结果做预测，怕对选手造成影响，会有一些情绪上的波动，现在媒体那么发达，小孩子也会上网，我怕他们看到不好。然后一屋子记者就不说话，等着我说，当时那个场面很尴尬，我总得把话题往下说，我只能说，可能大家想得和我差不多。然后接下去记者问下一个问题。但写出来就是“何炅笑言我心中的冠军和你们想的一样，然后这次的淘汰也跟大家想的一样，然后记者问接下去是不是谁谁谁，何炅就一脸暧昧地微笑，默认”。现场没有任何人提那个名字，根本没有任何人提，因为可能就是那个记者心里在想，而且我想说一个新闻的写作怎么来判定什么是暧昧的微笑和默认。

记：这都是很主观的。

何：对，这是很主观的。我不用表态不用回答，你都可以想到，那你又何必采访我呢。当时我看到这个报道很不开心，当时我就对公司说要在第一时间发表声明，否则那个选手会觉得“评委已经知道我要下了，那我还努力地唱什么”，我一定要声明那是虚假报道，我们要追究责任，而且我宣布再也不说。

记：原来是有过“受害”经历。

何：是啊。然后比赛结束之后总可以聊了，但这时又发生了不愉快的事情，这次是只说前半截没有后半截。前半截，他们问我说，那个房子里除了你们评委还有别的人吧。我说，对，导演也会进来。他就问导演会左右评委意见吗，我说不会，只是我们说出一个意见后，导演会告诉我们这个决定会有一个怎么样的反响，导演是为我们考虑的，之前也有安全问题包括黑枪什么的，但是绝对会以评委的第一直觉决定。但这篇报道就是后面不写，只写前面，说导演否定评委意见，因为观众会不喜欢，标题是“何炅报超女现场料”。我是个不怕是非的人，但我怕惹是非，如果并不是我的过错，而是你要硬栽给我的话我会很不爽，因为我知道这不是事实。

现在我在考虑一个问题，媒体和观众到底爱看什么，是不是有的东西有黑幕，里面有钱权交易才好呢。为什么一定要写这件事情是黑暗的呢？为什么明明我亲身的感觉是最后的比赛非常透明，而且评委是可以被尊重的，我明明感觉到这样，我告诉了你你还不去这样写，一定要写个黑暗的东西出来，一定要说是导演左右名次，这样让我很无助。所以之前我也说了，我可以接受采访，但不谈“超女”。因为这对我来说是个很小的工作，但现在我真的是惟恐避之不及。我本来就是愿意离热闹远一点的人，从小街上发生什么事，我们家人就说不要让我去凑热闹，我爸爸是读书人，学哲学的，他觉得知识分子是不凑热闹的。所以我不想用什么事情来炒作自己。我觉得我得到的关注已经够多了，所以当这件事情一再发生的时候我就很烦恼。我想离这个工作远一点，少说是非。

我原来跟媒体的关系是很透明的，我本身就是主持人，我也做记者，也要做一些访谈，我了解对方想要挖一点东西出来的心情，我也知道大家都有版面的压力。平时我是很愿意配合的人，而且我是个没有死角的人，任何事情你都可以问我。但现在经历了这些事情之后我在重新考虑我和媒体的关系，是不是以后我要想点策略，打点埋伏，绕点弯路什么的，不过我觉得这样不好玩，所以干脆就少说。

记：大家对“超女”的关注让你不堪其扰？

何：真的，是有太多可笑的新闻了，我也很佩服记者们每个星期都能想到各种各样的点子。黑楠老师那天说退出，第二天的报纸就说我也要退出，然后不知道为什么黑楠老师的那番话变到我头上，我就莫名其妙，不知道这是怎么一回事。

一些记者在采访时我们会体会到职业的道德和礼貌，就是会彼此尊重，但在这次有关“超女”的采访我开始体会不到这些。有一次做电视剧宣传，说了很多《正德演义》的事，然后记者发问了。一个女孩子就上来问你是和黑楠一起来的吗？当时第一反应就是，我不骗你，我当时第一反应就是“黑楠演的是谁”。过了一会才想，哦，不是，我才想起黑楠是什么人。只是我觉得很奇怪我们为什么要一起来？她就说黑楠也来展会啦。我说不是，我们不是一起来的。我说和黑楠老师真的没有这么熟。

她说黑楠要退出这周的总决赛你知道吗?

我说我不知道，因为当时刚刚下飞机，我真的不知道。

那你对这件事情怎么看?

对不起，我还不知道这件事情，所以还不能说。

那你能不能对这周的冠军做预测?

对不起，我不能做预测。

然后我就说我们能不能不聊超女，来聊聊《正德演义》好吗?因为当时很尴尬的是，旁边还有导演和别的演员在，这个时候大谈“超女”不是很合适。然后那个女孩就说，你为什么对这个话题这么抵触?我说我不是抵触，只是因为我知道在什么场合说什么话。而且老实说那个女记者知道的比我都多。

我可以很坦白地告诉你，为了不在记者面前撒谎，我从来不去打听“超女”的事情，比如这周的安排，比如里面的小变化，我希望我跟记者说不知道的时候是真的不知道，我不愿意去欺骗人家，所以我就对那个女记者说“我知道的比你都少”。然后那个女孩“啪”地把本子一收，转身就走了。就是做得很现实你知道吗?如果不能给我感兴趣的话题，就可以转身走掉，连最起码的礼貌都可以没有。

然后另一个女孩就接着问，“我们不谈超女就谈谈你吧，你和黑楠的评委风格有什么不同”。我说对不起，这个我不想谈，这真的不是一个重要的工作，我在这方面没有什么可说的，可不可以聊点别的，别的记者都在等。那个女孩就说，他们等的也都是超女的话题。

我当时很尴尬，所以后来对这个工作……

记：蛮抵触的了?

何：不是抵触，因为以前做工作从来都是我感兴趣的，这件事到后来就没有这么多的痛快，但有一点我要说，很奇怪，就是一坐上评委席，她们一开始唱，我的心情马上就好了，那个现场的感染力就让心情变好。虽然以我的年龄，FANS那种叫嚷的声音已经让我受不了，但她们的歌声还是每次都能让我陶醉。这个工作现在终于结束了，我还是很开心我所在的湖南卫视能有这么好的节目，但我还是希望分分开，我是我，“超女”是“超女”。“超女”的成功，虽然很多人说，评委的火爆和节目的成功有作用，但我还是觉得大家应该关注在“超女”身上。首先评委火还是那些元老火，我这种过路神仙还是不提也罢。

记：本来这只是你临时接的一个工作，但现在它已经喧宾夺主到你常规的工作是不是?

何：真的很好笑，我去参加一些活动，以前都是著名节目主持人、歌手何炅，但现在是“超级女声”评委、著名节目主持人，我就想，四个晚上，就连TITLE都变了。真的，这种感觉很奇怪，这个节目的火爆程度真的是难以估计。我在北京候机室，就有人来问我“何老师，超级女声来北京干什么？”我说不知道，是什么时候来的，昨天吗？他们说不是，是上个礼拜。上个礼拜的事还会过来问我，就是兴奋、感兴趣到了这种程度。

记：在“超级女声”5进3比赛的时候我来长沙出差，刚把我的MSN名字改掉，就有很多人给我发消息，有的说给我弄李宇春的签名吧，有的就说帮我跟张靓颖打个招呼吧——潜伏着的超女迷一下子全出来了，然后我就得慌忙解释说我不是去采访“超女”，我是去采访“大本营”的。

何：对对对，他们肯定觉得你很另类。

记：这周过来，超女比赛结束了，这座城市还有点不一样。

何：对，不太一样，真的不太一样。但是我觉得这件事情虽然过去了，但我们这个社会还是要好好思考。说实话，我觉得在传媒界和音乐界工作的人应该想想我们以前的工作是不是有偏差，像李宇春、周笔畅受到的礼遇，是那些唱片公司花重金包装的包括实力很强的歌手都享受不到的，你说一个唱片公司花多少钱包装一个歌手，也不可能发一张片就获得多少多少的广告合约。我觉得这是我们应该考虑的，我们的老百姓到底喜欢什么，按以前唱片公司操作给老百姓的所谓明星，其实是不是一个方向性的错误？而且大家说唱片太难做了，盗版太猖狂了，但人家三个小时轻轻松松就60万出去，我不知道这个数字对不对啊，这说明我们是有希望的，只是我们该怎么做。

记：以前的模式是要不像你这样的主持人来做歌手，要不演而优则唱，都得有一定的知名度再步入歌坛

何：对，但现在不需要之前知名度的酝酿。我觉得还是要有一个优秀的团队来打造，观众的狂热来得快说不定退得也快，就需要让这个温度不断升温，比如说李宇春，玉米们很喜欢她唱《我的心里只有你没有他》，但不能唱一年吧，所以需要一个优秀的团队打造。我就觉得我所在唱片公司的团队很好，可以说主持人做歌手我不是第一个，但是能卖到我这样好的成绩，在业界有好评，还能得很多奖的并不多，这就是用良心做事，以及按照歌手的特点来做。

而这些超女我觉得现在她们真的面临单兵作战，以前还有粉丝之间的争斗，每个超女都离不开周围的人，要红就红一片。要是没有周笔畅，李宇春不会红到今天这个位置，没有张靓颖也不会有何洁，她们就是在台上比着，有这样一个比赛的机制，大家才会愿意去看这个节目，去关注它。这是一个优秀的团队。湖南卫视也是一个优秀的团队，因为他们把这些普通的女孩子打造成明星。有的人在骂湖南卫视，说有黑幕啊什么的，可你要想如果没有湖南卫视，谁认识李宇春啊，周笔畅以前也参加过很多比赛，但今天因为“超级女声”全世界都喜欢她的歌。

记：这些女孩子唱歌如此了得，给你带来压力了吗？

何：没有，这是不同层面的，我心态很好，从来不和别人比，而且此长彼短，我这个方面比他们差，别的方面比他们好。而且我们是不同领域，虽然我也做歌手，但男歌手和女歌手没有可比性，而且我还能奢求什么呢，人家三个小时卖60万，人家是那么多歌手一起，而我的唱片，前两个星期是12万，现在是快40万了，比一般歌手好很多，而且我在心里，真的就把他们当小妹妹。虽然她们红到那个地步，现在我看到李宇春何洁不会像其他人一样要签名什么的，因为我是看她们走过来的，心里把她们当成那种幸运的得到别人宠爱的小妹妹。而且我也很愿意在以后能帮助她们，毕竟我也身在这个圈子里。

记：所以你才会和何洁合作MV，就是因为想帮助她吗？

何：当时真的是有想帮何洁的想法，但是人生很奇怪，做好事总会有回报，后来就完全变成沾人家的光了。其实当时公司也有疑惑，那是我很重要的一首主打歌，公司说要么就找个极漂亮的，要么就个最有名的，总之你要有卖点。凭良心说，何洁是很可爱，但不是极漂亮的，而且也没有那么有名。但当时我就想要给何洁一个机会。

记：当时是什么时候？

何：刚进十强的时候，那时就拍了。当时我的计划是不当评委的，只是在决赛的时候出现祝福一下她们，拍好以后马上要播了，台长却让我去帮忙当评委。我就马上和唱片公司说停播，因为这会对别的选手不公平，而且对节目形象不好，一个评委启用其中一个选手拍MV，别人就会想这里面是不是有黑幕。所以我一定要等何洁被淘汰之后才能说这个消息。开始真的只是我和何洁很投缘，很喜欢这个小女孩，而且觉得她很适合这个MV，所以才邀请她。

记：但现在却变成沾光了？

何：很幸运哎，这次我去上海做“精装”的发布会，这次问题全部问的都是何洁，问得还特别细，为什么会用何洁，当时拍的情况是怎么样的，对她评价怎么样，给没给人家钱。全部都问了。

记：对你来说，“超级女声”终于结束了，你可以继续往常的生活了，你还是把大本营工作当成工作重点吗？

何：老师，老师的工作是重点，演艺工作是很好的调剂。在演艺工作中“大本营”是我的支柱，它支撑着所谓的人气，也支撑了我所有演艺方面的知名度。最有挑战度的是拍戏，很有意思。给我带来虚荣心满足的是唱歌，因为可以得到奖项，还可以在台上搞点明星的感觉。我从来感觉主持是不能有偶像的，太漂亮的不能当主持，太有性格不能当主持，要有沟通和亲切感的，所以你看最好的主持没有特好看的，我也好，吴宗宪也好，蔡康永也好，小S平心而论也不是好看，是可爱，所以主持人是不能做偶像的，歌手才可以。

记：我一直觉得你的工作这么忙，还把生活安排得挺好的，星期一到五在学校，晚上录音，星期六来录大本营。

何：周末和平时不一样。平时早上七点多起床，洗漱，喝牛奶，然后骑自行车去上班，天气不好就开车上班，中午在学校食堂吃饭，或者打车回家去吃，然后睡午觉，2点多起来再去学校上班，五点多下班后就去录《音乐风云榜》或者电台节目，大概录到8点多就和朋友吃饭去，然后就看电影，聊聊天玩玩啊，唱卡拉OK，偶尔，我做歌手之后就很少去唱歌，看看网上我的论坛，回回帖子，然后看一个小时电视，有时看节目有时看碟，然后睡觉。

周末就是到了长沙，先回家吃饭，再去KTV或酒吧狂欢，然后第二天起来彩排化妆，直播，直播完了再和朋友去玩，第二天回北京，回北京后还有很多休闲的安排，陪狗狗去玩，下午去蛋糕房坐坐，喝喝下午茶之类的，所以我没有你们想象的这么紧张。至于春节的出场费都是可以翻番的，但我从来不接，我从来都是出去旅游或者在家呆着泡着。还有，暑假就发发片，像去年寒假就拍戏嘛，然后今年有可能接一个时装剧。我觉得我不是一个企图心特别强的人，我是觉得人生在世时间特别短，每一天你都要过得有品质，而我试过那种很懒惰的生活，但我不适合过，我是个需要忙碌的人，但我的苦恼是当每天的节奏都很快的时候会很厌倦，我会突然想要去一个地方呆十天，但我是不可能有十天假期的，从来没有过，在大本营工作七年了从来没有过，我只能在很小的地方跑来跑去。

记：那有多少时间留给家人？

何：很少，每周一次。

记：爸妈抱怨吗？

何：习惯了，他们觉得我是个很伟大的儿子，就是事业上又有成就，对他们又孝顺，所以他们很少对我提什么要求。过段时间他们要到北京去住，我们相聚的时间会多一点。

记：在家里你会表现你的爱还是内敛的？

何：这两年我没有以前那么过分，以前老是腻在妈妈身上，我是不在乎这些的人。但和爸爸就是爷们和爷们的关系，很少做这些。而且我爸爸是个很内向的人，家里的电话都是妈妈接，但我偶尔会给爸爸发短信。不过我爸爸对我的爱是很深沉的，大本营每期的节目他都帮我录帮我刻，七年的节目全部都刻出来。我是很幸福的一个，家里很幸福这很重要，可以保证孩子健康，我是个心态很健康的人。这么多年工作下来，还没有变成演艺人，还有普通人的情怀，我觉得不容易。我自己很引以为骄傲。

记：普通人的情怀是什么？

何：就是价值观的判断，简单地说就是我还能体会简单的快乐，平凡的快乐。我不是一定非要买名牌，很普通的衣服我穿得很舒服。还有对别人的态度，再红也不会改变，因为我觉得每个人都值得尊重。还有是对自己的认识，走到哪里我都说自己是幸运的人，从来不说我有多优秀，虽然我知道我不差，但我一直都知道我是很幸运的，这是因为我的机会很好。

超级八卦

超女迷雾，一刻不曾消散

对超女比赛公正性的质疑最早始于杭州赛区 20 进 10 的比赛。当时每位选手轮流清唱一段来决定是否能直接晋级。人气很旺的卢洁云正好轮到唱高音部分，她一时唱不上去，便唱破了音。而曾以一首《叶子》获得好评的韩真真也有一两个走音。轮唱结束后，评委宣布结果，卢洁云直接晋级，韩真真则留下来与另一位实力派选手纪敏佳 PK。黑楠的理由是：偶像派可以走音，F4 可以走音，但是那英、田震不可以。

最后，韩真真以一票落选。一时间网络上议论四起，有关杭州赛区的帖子超过万条。不少网友为韩真真鸣不平，认为她和纪敏佳均沦落到 PK 赛阶段实在让人想不通，而韩真真虽然发挥有点失常，也不至于要被淘汰。有网友甚至开始怀疑比赛作弊。但也有另一种声音，一个名为“我不是火箭"的网友在百度“超级女声”吧上发帖子，自称从“超级女声”工作人员处获得内幕：韩真真是自己退出的，因为她和一个唱片公司在谈合作。而 PK 环节也是为了她和纪敏佳 2 人专门设置的，说白了就是为了增加观众对纪敏佳的关注，2 次 PK 不过是让她多表现几次罢了。

对于 20 进 10 的比赛中，PK 输给纪敏佳，被淘汰引起的关于实力派和偶像派的大争论，韩真真在接受记者采访时表现得非常淡然："每个比赛一定有自己的规则，选美也是规则的一部分，虽然打着'想唱就唱'的口号，但我希望两者可以协调，比如网上有说留下1个或2个偶像派选手就可以了。给大家一个相对的公正性，大家都不会说什么。"整个评比细则，其实我不是很清楚。公正性体现在哪，我不知道。他的公正性仅仅体现在大众来投你，但谁知道这些'大众'是怎么样的，哪里来的，评选规则是什么，我们都不知道。但是，参加"超级女声"，我觉得不后悔，得到的比失去的多。它还是一个很好的舞台，毕竟除此之外国内没有这样的舞台，可以让一个很普通的人站在所有大众面前。在某些方面，是个很好的平台。所以，特别感谢湖南台。没有"超女"，没有我的今天。即使我被淘汰了。"

而备受争议的评委黑楠在接受《重庆时报》采访时表示，比赛绝对是公正的。韩真真和纪敏佳两位选手也的确是相当有实力,但"超级女声"不仅仅是歌声,还要从多方面考虑。

尽管评委对比赛的公正性作出了声明，但此后关于这方面的质疑开始不绝于耳。

疑云密布杭州赛区

6月19日"超级女声"杭州赛区的10进7淘汰赛。3号沈娱娱、6号郑靖文、9号何琢言成为需要进行"合唱PK"的三位待定选手，由场外观众的短信投票决定去留。结果，沈娱娱被宣布为"待定"，郑靖文则是"淘汰"。随后，女主持人龙薇薇表示"看看郑靖文的音乐历程"，而男主持人汪涵却愣了一下，说要看看选手短信得票数据。在等待了30秒后，现场公开的、依然在跳动的票数显示：郑靖文短信票数遥遥领先，何琢言居第2位，沈娱娱居末。在短信票数结果面前，沈娱娱被淘汰，郑靖雯和何琢言待定。30秒内，经历了大起大落的沈娱娱留下超女舞台上最后一句话："一切的谣言和诋毁都不攻自破。"她所说的"谣言和诋毁"是指网上有人说她的姑妈是电视台台长。在比赛尾声公布的所有选手票数中，郑靖文的票数还不如前次公布的高。而主办方对这个插曲的解释为，纯属工作人员的差错，淘汰已成定论，不可更改。

后来还有一位曾在杭州赛区20进10被招募、并连续两场担任大众评委的男士在网上撰文说，在那次比赛现场，当丁叮与周杨PK以9:0领先时，现场有人指挥大众评委开始将票投给周杨。但结果还是丁叮因为实力的确强于对方而胜出。

而沈娱娱的母亲在比赛结束之后接受《外滩画报》采访时，则道出了"超级女声"并不能想唱就唱的内幕。沈母说："10进7那天，娱娱唱的是《情人的眼泪》，这首歌是主办方要求唱的，他们一定要求娱娱唱这首歌。其实，"超级女声"说是'想唱就唱'，但其实选手自主选歌的机会不大，你想唱这首，主办方会说是口水歌，唱滥了评委不喜欢。他们其实是根据节目的可看性来要求选手的。"嫔嫔再三提出对唱好《情人的眼泪》没把握，像她这个年龄层面，没经历过爱情的历练，唱邓丽君很难把握。而且这种老歌，年轻人并不能接受，很吃亏。但嫔嫔没办法，只好唱。"

沈母对"想唱就唱"的质疑，其实在不少选手身上都有遇到。另一位被疑为暗规则受害者，20进10时被淘汰的实力派"女声"韩真真也向该报的记者坦言，"三场比赛中，有两场的歌是临时决定的"。她说："我通过海选时唱的是《叶子》，50进20的比赛，我提前一周就到了杭州，后来要求选手现场把自己选的歌唱给导演听。我选了日文和韩文歌，但导演说日文歌不能唱，而那首特别好听的韩文歌也没有通过。导演让我唱《叶子》。他不会跟我说什么，但口气里让我挺害怕的，好像我不唱《叶子》，就没机会了似的。结果，在50进20彩排的时候，他又说，我不能唱《叶子》，他说没想到论坛上反应这么大，他可能这也是好意吧，觉得大家对《叶子》太熟悉了，于是让我改唱外文歌。口气也是那样，好像我不唱别的歌，就没机会了似的。"

沈母一直陪伴女儿在比赛现场，临比赛当天，各种状况都出来了："沈嫔嫔的服装还被其他参赛选手穿错了。后来，我帮嫔嫔调完立式话筒，就很安心地坐下来。但她居然是拿着手麦出来，我就知道这下完了。你说这公平不公平，工作人员说来不及立式话筒，但丁叮又是钢琴吉他，又有立式话筒架，放置这么多东西难道他们就有时间了？"沈母在气愤之余，并不知道丁叮也遭遇了乐器的尴尬。原来，会弹钢琴的丁叮每场都要求上钢琴，但却被主办方以舞台不牢固为由拒绝。

然后是7月8日杭州赛区的总决赛。纪敏佳、叶一茜和林爽成为前三甲，而丁叮和郑靖文被淘汰。比赛结束后，网上争议不断。网民的质疑点主要指向丁叮被淘汰、郑靖文和林爽PK结果公布前插播了长达10多分钟的广告，以及纪敏佳的短信支持率居然在2小时内从最后一位跃至第一位。

丁叮在赛后接受《外滩画报》采访时说，其实早在7月7日彩排那天，她已经预见自己第一轮可能被PK下来。据她说，晚上彩排结束后，工作人员让她去电视台旁边的饭店挑选开场的衣服。路上，她接到了林爽的电话，说是出事了，让她赶紧回来。原来在化妆间，除了她们以外的三位选手，正在接受钱江都市频道《幸福双响炮》节目组的采访，主持人龙薇薇问选手"你从海选一路走来……"之类的总结性问题。而那档节目是准备在决赛当晚播出的。以往超女都是一起接受采访，大家都知道每天的采访安排，但这次她和林爽却没有接到采访通知。而且去选衣服前，林爽曾邀叶一茜一起去，但叶说要回家，没去。然后，林爽看到郑靖文在化妆，觉得挺奇怪的，因为彩排已经结束了，去挑衣服，没必要化妆的。郑靖文当时回答，没事，补点妆。丁叮和林爽非常生气，一起吃饭到凌晨一点多，准备放弃8日的比赛。但是，由于种种原因，最后还是参加了比赛。当天晚上就有粉丝把内定的消息贴到了网上。

主办方无奈，只好临时篡改了结果，让林爽晋级三甲。林爽在接受记者采访时也证实了这些消息。她说："本来我是很犟的，坚持要站出来，退出比赛。8日中午，我还跟丁叮说，就算她不退出，我也不甘心被淘汰。但后来因为丁叮的爸爸担心会影响到丁叮今后的生涯，我们就忍了。丁叮被淘汰的时候，我在下面已经按捺不住了。到我自己在 PK 的时候，我相信我肯定会被淘汰。没想到最后进了三甲，要感谢在场的歌迷和评委，昨天就算打了一场比较胜利的仗。我不知道为什么有那么多人在骂评委，其实我自己最了解，多亏了评委"。

对于《外滩画报》所披露的这些事情，超女杭州赛区承办方钱江都市频道一位张先生在接受其他媒体记者采访时表示：淘汰韩真真的不是主办方，而是赛制。

张先生同时认为，纪敏佳及叶一茜顺利晋升全国八强，便是对杭州赛区结果最大的肯定，也是对于流言的有力回击。

至于落选选手丁叮等人，接受媒体采访时，曾指出主办方内定三强，张先生称，选手载望而来，失望而归，可以有话要说，但凡事必须客观，有根据才有说服力，若一味认为自己理应进入决赛，便是个人所受教育的失败。没有理所应当，只有赛制出英雄。

"合约"事件被披露

谁都没有想到 2005 年"超级女声"的最后一个唱区杭州会惹出那么多是非争议，在那里竟然还出现过公证员出示的淘汰选手和电视屏幕上的顺序完全相反的场面。而之后时常被人提起的天娱签约事件也是从那开始被人关注的。

《超级女声》规定，晋级的选手都必须和天娱签约，从分赛区 20 强开始，选手就必须和天娱签订协议或合同。而每个赛区前 10 要和天娱签的合同长达 8 年。但在报名时，几乎没有选手被告知这一事项。据四川媒体透露,杭州赛区颇有争议的选手韩真真的父亲说:"真真进入20强时,是有一份东西让她们签,当时我在。孩子问我究竟签还是不签,我让她自己决定。后来总导演找她谈话,孩子最后还是签了。"

何琢言透露,当时进入杭州赛区十强后,被要求签订一份合同,有效期长达 8 年,"那天我爸妈刚好不在,我年龄太小,所以就没签。"何琢言表示,由于 8 年太长,自己并不想签,因此在最终补签正式文本时,何琢言以学业繁忙为由拒绝了。有人认为，正是因为何琢言等人没有签约，影响了她们在比赛中的成绩。

随着比赛的继续，关于合约的问题一直断断续续地受到媒体关注，不时有新的消息爆出。后来还有一位已经签约的选手透露，在一次彩排之后，就有工作人员拿出合同要她们签订，不签就不能继续比赛，参加比赛的选手大多是想往前走的，所以只好签了。而这份合同只有一份，选手签完后就被收走了。从违约责任看来，如果事实上是天娱违约的话，超女同样也可以索要赔偿500万元。但一位不愿透露姓名的"超女"告诉记者，"那个合同里并没有承诺给我们投资多少，也没有提到什么时候发唱片，拍多少电视剧以及其他，你很难说他们违约。"对很多没有参加超女全国总决赛的超女来说，她们面临的问题相当尴尬，天娱还未有想要包装她们的意图，而这些超女，有的在参加比赛之前就常常拍广告或接演，暑假正是她们发展的黄金时期。但是和天娱的这一纸合同反而约束了她们的发展。

"歌迷大战"引发"内幕"爆发

等到比赛进入全国总决选阶段，超女们的粉丝越来越多，诸如"玉米"、"凉粉"、"盒饭"、"笔杆"、"荔枝"等皆颇具规模，网上关于超女们孰优孰劣的口水战开始愈演愈烈。随之而来的"内幕"消息也开始频频见之于百度贴吧、天涯论坛等粉丝聚集地。每到赛前，总有人以知情者的身份预测此次被淘汰的超女名单；每到赛后，也总有人根据比赛现场的"蛛丝马迹"揣测比赛所谓的"内幕"。甚至比赛尚未结束，已经有数个版本的内定前三甲名单公布。

总决选第二场开始前两个小时，百度贴吧上一则名为"惊天大黑幕，朋友们都来看哈"的帖子成为焦点。网友称从一个大众评审那里得到可靠消息："今晚出局的是李娜和林爽……我们是无法扭转乾坤的,电视台早就有自己的淘汰步骤"。最后，比赛结果竟与之惊人一致。

网上关于主办方对一些选手有所偏袒的说法被描述得绘声绘色。比如，网上说当广州赛区的易慧和李娜站在长沙总决选的PK台上时，易慧先哭了。李湘问她为什么，易慧说了句话，大概是担心落选的意思。李湘随口就答道：怎么会？网友认为，这样的口气已经超出了安抚的范围。诚然，主持人也会有自己的评论，在心里会对两个人的人气、唱功作一番比较。但是在大众评委投票之前的几分钟里说这样的话让人感到很奇怪。又比如，当林爽获悉将与叶一茜PK时，哽咽着说："叶一茜和我同一间房，我不会一个人睡。"像是已经预感到自己的命运。两人站在PK台上接受大众评委的投票过程中，当仅相隔一票时，白族妹妹上台走向林爽，而汪涵拦住她问："你姐姐刚才投给了叶一茜，你的选择是不是跟她一样的？"最终林爽以一票之差出局，人数相当不少的"爽迷"们开始在网上质问：汪涵，你为什么要在这样的时刻说这样的话？

有人因此质疑超女的彩排。与比赛时通过电视向全国同步直播不同，彩排全部封闭，谢绝媒体采访。带妆彩排完全模拟比赛时的场景，选手演唱比赛曲目，评委也将根据现场选手的表现作出评判，选出表现最不理想的两位选手做原音PK，同样由现场的35位大众评审现场投票淘汰选手。在正式直播时如有意外发生，彩排的录像可以替换。所以，网上不少人怀疑，非公开的彩排才是真正的“战场”，评委根据需要淘汰选手，而正式的比赛只不过是选手、评委在湖南卫视导演下为观众演出的一场拼盘演唱会而已。由此，“消息灵通人士”就可以提前获悉比赛结果。

对此，湖南卫视负责宣传工作的李小姐当时对媒体的回应是：“网上这样的消息每天都层出不穷，我们正在考虑允许记者采访彩排。” 她解释说，直播电视节目需要神秘性，每一场比赛的主题不一样，现场的内容如果通过媒体提前泄漏，对观众就失去了新鲜感。“走流程完全必要，超级女声说到底还是一个直播时不允许出纰漏的电视综艺节目，除了演唱的曲目一样，彩排和比赛完全不同，彩排被点名PK的也不是林爽与叶一茜。选手的去留本来就是由观众决定，网友能预测准确，也说明比赛结果符合观众的心理，我们的比赛绝对是现场决出。”柯以敏也表示，“当时现场除了选手和我们之外，还有50多人的亲友团，这是一次带观众的彩排。那么多双眼睛，怎么可能做假？”

是非与质疑接连不断，但不可否认的是更多的人加入到每周五坐在电视机旁观看比赛的行列中。大家也都愿意在茶余饭后点击上网，看看那些关于“内幕”、每一个都言之凿凿的帖子。

在总决选１０进8的比赛开赛前一个半小时，一网友在“百度贴吧”公布被淘汰人选为赵静怡和朱妍。当长沙赛区的冠军赵静怡站在PK台上，与杭州赛区的冠军纪敏佳PK时，似乎知道自己凶多吉少，满含热泪表示即便被淘汰，也交了朋友学了经验。一旁的主持人李湘则连连表示赵静怡说“淘汰”用词不对，因为能站在这个台上为观众奉献上这一切已经算是成功，应该没有遗憾了。如此的安慰之词，让人陡然觉得赵静怡必输无疑。而PK台上的对手纪敏佳一曲《朋友》更道出了对即将离开舞台的好姐妹的不舍。果不其然，在接下来35位大众评审投票中，纪敏佳戏剧性地再现了12进10叶一茜淘汰林爽时的一幕，再度以一票胜出。

赛后网上马上有人发出疑问，赵静怡虽然从人气上逊色于顺利进入8强的李宇春、周笔畅，但拿下长沙冠军，靠的也是场外短信支持。在长沙主场，赵静怡怎么会是人气最差的一个？而黑楠让纪敏佳上ＰＫ台的理由也让人称奇，竟然是给实力颇强的她一个挑战自己的机会。更令人疑惑的是，几乎每场超女在涉及场外短信支持率时，都会有公证人员公证，至少也会在大屏幕上打出支持票数，可偏偏在那晚的比赛中，这些环节统统缺失。另外，网友们认为，在PK对手的选择上，主办方似乎也动足了心思。选择唱功高人一筹的纪敏佳，而不是实力相对接近的易慧，让赵静怡输得心服口服。

当晚另一个插曲是，在评委打分环节，张靓颖突然哭了。主持人李湘面对突如其来的“泪水”有点不知所措。这时张靓颖拿过话筒告诉大家，" 我对自己今晚的表现很不满意，相当不满意。”百度张靓颖帖吧中一个名叫“昏睡的白”的网友发言说，“我有种感觉，靓颖哭是因为伴奏比排练时降了一调。不信大家听，这歌不是原调的。”

对于众多凉粉关注的这个细节，湖南卫视也觉得自己非常冤枉，卫视相关人员对此回应道：“你说这个可能么？在比赛过程中，我们一直秉持着客观公正的原则，对于每位选手都是公平对待，选歌时我们会根据实际情况和选手各自的原因提出一些建议，但不会强制执行，对于话筒这些更不会进行干扰，你说我们哪来那个工夫。”

评委难当 “阵容”多变

这边厢有关选手的消息还显得扑朔迷离，那边厢关于评委也新闻不断。

“超级女声”导演组之前曾表示:年度总决赛进入十强赛后,将一改过去3人制评委方式,根据柯以敏、黑楠、夏青、何炅、顺子、常宽6人的个人档期,每场安排5名评委“点评”。可在开赛前几日,导演组突然“自打耳光”,宣布依旧沿用3人制,并固定人选——柯以敏、黑楠、夏青，原因是“常宽、顺子，以及何炅没有档期”。可常宽却告诉媒体记者，“超女”总决赛第一场开始的几天,主办方打电话给他经纪人,说要他订机票准备来长沙当评委,可23:00之后主办方突然打电话说不用订票了,这次不安排他上节目。之后,主办方又通 知他29日一定要留出档期,不料最后又通知他以后都不用去了。网友们很快就把常宽被炒和“三人制”评委制度联系起来。有人认为,“柯楠”联手已经足以操纵比赛。

事后，湖南卫视就“三人制”一事给出过书面说法，“导演组一直按照既定程序和6位评委进行联系和沟通，但目前因为档期等原因，比如何炅因为在全国宣传新专辑，所以无法合作。对于顺子、常宽和何炅这3位优秀评委所付出的智慧和辛劳，导演组表示非常感谢，也希望今后能有更多机会和他们进行合作。而且现任评委柯以敏、黑楠和夏青，无论是外界言论还是所有选手，都认为他们很胜任超级女声的评委工作，所以依旧选用3人担当评委团。”

令人没有想到的是，在8进6比赛前夕，柯以敏也令人感到意外地宣布退出。谈及退出缘由,她说:“我作这个决定是在上礼拜,当赵静怡被PK掉的那一刻,我就决定离开了。”按照柯以敏的说法,离开的缘由包括:其一,自己是一个非常感性的人,所以怕自己的情绪会影响此后的评审工作;其二,正是因为自己的感性,才更让自己很难评判,“其实你们每一个都是我的宝贝”。不过,柯以敏在这种关键时刻下课,非官方、非正式的推论还是有很多。有网友说:“柯以敏下课的真正原因是她台上的表现引起高层的反感。”当时也有人分析,柯以敏此举极有可能是联合湖南卫视的一次炒作。

就柯以敏突然宣布退出评委席的问题，湖南卫视在8月3日下午5点发表了声明。声明称，湖南卫视表示理解柯以敏的这种行为，并给予充分尊重。湖南卫视总编室主任李浩对于柯以敏的高度评价也很难让人看出双方存在任何分歧，“对于此前柯以敏担当评委时的智慧与辛勤付出，我们更是表示感谢，感谢她克服自己档期安排的困难，一直以来给予“超级女声”节目莫大的支持，我们充分肯定她的音乐专业素质和担当评委期间的职业操守”。

在接受《新闻晨报》记者采访时，柯以敏对各种猜测作了一一回应。她首先否认了自己突然辞职是因为受到“恐怖威胁”，出于人身安全的考虑。她说：“因为我的电话号码是公开的，所以的确接到过威胁电话，但这并不是我决定离开的原因。我说过了，原因只有一个，我承受不了那种割心头肉的感觉。”而对避嫌“联手黑楠操纵比赛”的说法，她的回应是：“不是为了避嫌，本身就没有什么嫌可避，纯粹是因为压力。”也有人认为柯以敏对张靓颖太严厉，尤其认为她在全国总决赛第一场时对她"高八度"的要求很无理。这次柯的离开是迫于"粮食"们的下课呼声。对此她表示：“观众的影响力是有，但这并不是我离开的原因，至于对张靓颖的态度，我想公道自在人心。”另外对于评委拿黑钱进行"黑箱操作"、与湖南台闹翻等说法，她也予以了否认。

作为“柯楠”组合的另一名成员，黑楠在柯以敏退出后也接受了《明星 Bigstar》的采访。采访中，竟一鸣惊人地爆出了一些“内幕”。他说“超级女声”的确存在黑幕，但并不是冠军的内定，因为整个评选都很明朗、开放，真正的黑幕在于“有一双看不见的手”。谈起柯以敏的退出，他说：“最主要的原因是“超级女声”幕后有一双看不见的手在逼她，就是要把她赶出局，而柯以敏是一个真诚的人，她不可能容忍别人向她强加意愿。”黑楠没有具体指出“黑手”，他只是婉转地说不是湖南卫视，他们非常支持我们，但这毕竟是一个地方电视台，上面的主管单位有很多，有些东西湖南卫视也很无奈，柯以敏退出时，他们也极力挽留，但柯以敏已经决定了，事情发生了，这个结局是无法更改的！甚至早前不久，网站上登有歌迷联名发起让柯以敏“下课”的活动，黑楠说也是由那双手在暗中操作的，是从上至下在逼走柯以敏。

除了幕后的“黑手”，黑楠还谈到了评委之间的恶性竞争。“不知道出于什么原因，有些评委在背后骂我们，还使了许多手段让我们退出！有评委竟然暗示记者我们收黑钱，这怎么可能?据我所知，实际上是这个人在收黑钱，却将‘罪名’安插到我头上，真是黑白颠倒！我认为对于好的节目，大家更应去用心经营，为何要这样做呢？我真的很不理解，都是评委，不至于要用这种卑鄙的手段去置人于死地，这样，对你又有什么好处呢？”黑楠说因为“柯楠”组合在观众中一直有很好的口碑，所以免不了被人“枪打出头鸟”，而有些为了提高知名度的音乐人甚至想出钱买他的评委身份。黑楠说的话有些含糊，但不禁让人觉得超女比赛的背后暗藏玄机无数。

柯以敏宣布退出后，何炅接替了评委一职。他到上海宣传新专辑时，无奈发片会上媒体的问题都集中在了“超级女声”上。不过“何老师”还是一一作答，并为“超级女声”正了正名。当有媒体问到“超级女声”有没有黑幕时，他回答：“老实说,我在最后加入时,的确作好了‘有黑幕’的打算,我为自己定下了原则,如果ABC三个选手都很不错,让我放弃A,选择B,那我可以接受,如果太离谱,那就不行,我会坚持原则。不过,直到现在,真的没有一个人和我说过这样的话。现在‘超女’这么热,谁还敢动手脚,反正我是没看到。说实话,对‘超女’我并不是特别了解,除了担任成都赛区评委时看到的那几场,其余的比赛,我都没有看。”

天娱发声应对“条约”事件

随着总决赛的日益临近，对于天娱“八年条约”的猜测层出不穷。有人认为这是霸王条款，也有人称签约与否关系到超女能否在比赛中夺冠。在总决选“6进5”的比赛即将举行之际，网上传出没有进入总决选的各地分赛区共20多名"超女"向天娱提出解约要求的消息。面对媒体的采访，天娱相关负责人发表了声明否认此事发生，并回应了媒体对签约一事提出的五大质疑。

在这份声明中天娱表示，进入到全国前15名的选手，都已经跟天娱传媒签订了经纪人代理合约。同时和这些选手签署合约是因为：一方面，作为“超级女声”的主办方，天娱传媒对于通过这个平台表现优异的参赛选手有优先签约权 ；另一方面，是防止在比赛过程中出现有计划的商业炒作等不正当行为。面对媒体对他们一年签下这么多选手，是否有这样的承受能力的质疑，天娱的回答是：作为“超级女声”主办方的天娱传媒与选手是双赢互利的关系。“超级女声”是天娱传媒的一个长期品牌，这个品牌有长期运作的前景和很好的效应。所以对于选手的发展问题，天娱传媒是有信心的。对于“百万卖何洁”这样的传闻，他们说：天娱传媒从未与任何公司对“超女”开过价。为了选手有更好的发展，天娱传媒将谋求与更多的唱片、影视、广告公司合作，但天娱传媒并不要求获得传言中的转会费。至于现在签约选手是否可以与天娱传媒解约、准备在每个超女身上投资的资金数额为多少，他们表示，可以与选手解约。天娱传媒的目的是全力推广“超级女声”，没有必要阻碍“超级女声”的发展。至于准备在每个“超女”身上投入的资金额，是根据每个“超女”的规划来定的。去年的冠军安又琪，公司就已投入了很大的人力、物力和财力为她出专辑，唱片销售达到白金销量。最后，在谈到总决选后对超女的规划时，天娱称早已为超级女声规划好了几大活动，而最近的两大活动就是：发行人气“超女”的合辑唱片以及举办巡回演唱会。

尽管如此，各种内幕、揭秘的消息还是从来没有间断过。各个阵营粉丝之间的“战争”也越来越激烈，纷纷在各自的百度贴吧痛陈自己偶像在比赛中所受到的不公正待遇或是委屈，甚至不惜斥责其他超女选手……而这一切，在5进3的比赛中达到了顶峰。

从8进6，到6进5，一个名为"湖南卫视舞美师"的网友的帖子频频受关注。因为每场比赛前，他（她）都能准确无误地将“超女”晋级赛的淘汰者预测出来，并附上极为详细的"内幕"报告过程。8月15日16：12，此人再度现身百度“超级女声”帖吧，透露："我是湖南广电集团的一名工作人员，原来ID叫湖南卫视收视部和湖南卫视舞美师，自从某些媒体8月9日转载我百度的一内部方案后，吧主就封了我的ID，所以暂用此ID，希望熟悉我的网友谅解。"此人称自己有很多以前同事和北广同学在超女节目组工作，知道有关超女的一些情况，通过一位工人师傅，他得到了8月14日晚8：00-11：30，在湖南广电金鹰大厦主楼28层局长接待室举行的“超级女声”总决选指挥部召开的第六次战略会议的纪要。与会者包括湖南广电总局、湖南卫视以及天娱老总王鹏等相关负责人。经过长达3个小时的会议后，指挥部决定最后两场“超女”比赛将走广告和短信利益战略的路线，被称为"一号方案"。随后，“湖南卫视舞美师”详细地分析了内幕中的最终抉择：在8月19日的5进3的晋级赛上，评委仍是黑楠、夏青、何炅三人组成的评审席，将淘汰纪敏佳与何洁两人。并详细列明：在第一轮的淘汰赛上，纪敏佳最终以13票不敌22票的何洁惨遭淘汰；在第二轮淘汰赛上，惊险过关的何洁又将以一票之差被李宇春淘汰。而在8月26日的夺冠赛上，评委人数将从原本的3人上升至6人，曾担任成都赛区的评委顺子将与李宗盛和罗大佑出现在评委席上，最终由短信票数决定的前三甲为：李宇春、周笔畅和张靓颖。

5进3的比赛结果与“湖南卫视舞美师”预料的基本一致。当晚，纪敏佳与何洁遭到淘汰，只是第二轮与何洁进行PK的是张靓颖而不是李宇春。看到何洁被淘汰，在比赛中几乎没有掉过眼泪的李宇春当场失声痛哭。

赛后，网上各个阵营的粉丝站在自己偶像的立场上从各种角度揭发了不同版本的“内幕”。

纪敏佳的粉丝斥责何洁抢歌。据说，在几位选手为妈妈献歌的环节，其实谁唱什么歌，早在彩排时就已确定了，而且超女也是按照既定的曲目进行排练的。纪敏佳当时定的曲目就是《鲁冰花》，何洁是另外一首歌，但没想到先于纪敏佳上台的何洁居然临时唱了《鲁冰花》。轮到纪敏佳时，因为情况来得太突然，只好唱了那首《我的祖国》，不对题也没办法。纪敏佳当时也完全懵了，下来就讲脑袋一片空白。

“盒饭”说何洁的妈妈没有来现场为自己的女儿加油，是因为早就知道女儿会被淘汰，怕来了以后女儿更伤心。也有人担心她在比赛中反复请大家“支持春春”却没有提到其他选手的名字，会因此遭到别人的诋毁。

“凉粉”中有人坚信当晚应该进行第二轮PK的是李宇春而不是张靓颖。因为当时何洁因短信票数最低再次走上了PK台，评委需要从张靓颖、李宇春、周笔畅中选出一位唱功较差的与之PK。当评委黑楠点评张靓颖在演唱上出现了一个“技术性失误”时，张靓颖未等黑楠点评结束便径自走到PK台上，等待PK。另外，盛传赛后张靓颖和妈妈受到了“盒饭”的攻击，“凉粉”一时间群情激愤。不过，后来张靓颖对此事予以了澄清。

就连“玉米”也高兴不到哪里去，尽管李宇春顺利晋级，但大家都为她在比赛中的痛哭而心痛不已。有人说她在比赛中唱的英文歌是下午好不容易才争取来的，本来主办方硬要她唱一首自己不太擅长的中文歌。“玉米”们觉得李宇春一路走来很辛苦，开始反省自己对她的支持是不是给了她太多压力……

对于张靓颖在评委话音未落即上PK台，网上有了好几种“解释”，其一称，张靓颖是在比赛前夕已经获悉比赛结果和过程才有此举动的；其二是当时黑楠评委只是略加点评，并未决定三位“超女”中哪位上台与何洁PK，但当时是现场直播，张靓颖没有等点评结束就上了PK台，如此一来，不是她也是她了，只能将错就错了。最有故事性的解释是，之前张靓颖与何洁闹了些矛盾，所以何洁在被淘汰后才会反复说道“希望大家支持春春”，而没有提到同属“成都小吃联盟”的张靓颖。张在VCR中所说道歉的话就是说给何洁听的，本来黑楠要宣布与何洁PK的是李宇春，但为了与何洁修好，张靓颖没等评委把话说完就主动站上了PK台。

湖南卫视的负责人的解释是：“其实，当时黑楠评委在点评张靓颖出现技术性失误的时候，已经授意其站上PK台，张靓颖参加过这么多次的比赛，对评委们的点评方式再熟悉不过了，也无须点明就知道是什么意思了。”

有记者联系到黑楠本人，当记者问起黑楠那晚评委究竟是想让谁PK台时，他非常肯定地告诉记者是张靓颖。“这个不需要猜测，只有张靓颖出现了一点小差错，如果不是她，我们会把她叫住的。”

比赛结束后，另一位评委夏青也接受了《南方都市报》记者的采访。对于张靓颖自上PK台和此前一直有的“内定”说，她说：“当时我们看到她往上走就没再补充了，说实话我们已经定下来了是张上PK台，但宣布时特别不忍心，你说要挑唱的问题很难说谁比谁好，只能挑技术毛病，就是张在唱《让世界充满爱》时忘了一句歌词，仅此而已。这一轮其他三人都表现得很不错，等待结果的一刻大家都挺聪明，所以张靓颖一听就明白，还没宣布，她马上就上去，又与我们的意见相符，所以我们也就没再补充。如果那时再说‘上PK台的是张靓颖’那太残酷了！”

针对暗箱操作一说，她的回答是："在没有收视之前，很多人都摸着脑袋说'你这节目不错'，多少有点恭维的意思。再看现在的唱片销量榜，收视排行榜，都不是一个特别科学的数据，所以在没数据支撑时，光凭他们经验感觉这个不错，那这个也未必有市场。其实从做"超级女声"开始，我们就明白做'黑幕'对任何人都没有好处，你最后做出来的人除了要收视率还得有人气啊，这样第二年的节目才能做起来，安又琪和张含韵相信都是榜样，所以卫视或天娱选出来的人一定得是这个市场真正拥护的人，这样对他们来年的节目生产来说才好做啊。"

至于比赛前网上的各种猜测，湖南卫视本一直不作回应。直至有人公布了所谓"第六次战略会议"的开会地点、人物、具体内容，他们才回应说：希望媒体冷静对待网络谣言，并宣称正和律师一起收集证据，准备起诉这些诋毁湖南卫视声誉的人。有位不愿透露姓名的发言人更是直言"网上所有的相关爆料都属于无端猜测"。

落选超女 斜插一刀

在最后的总决赛前，落选超女邵雨涵突然来到搜狐娱乐，跳出来以自己的亲身经历与感受大揭"超级女声"的内幕。她爆出的最大新闻就是李宇春根本没进成都唱区前 50 强。据她透露，天娱在内定选手时有两个标准，一个是能够迎合观众的胃口，一个是听话。而"超级女声"本来标榜的唱歌实力这一标准却并不重要。"如果真的凭实力的话，我觉得自己能够进前五，把李宇春挤下来。"邵雨涵表示，虽然她也很喜欢李宇春，觉得她风格独特，但是她认为李宇春的实力并不强，"我听说，李宇春本来连五十强都没进，不知道什么原因就继续参赛下去了，她能够进入前三完全是因为短信支持高。"对于短信投票的方式，她认为并不公平，而且引发了许多社会不良现象，比如有人抢手机发短信，以及花几十万元钱买号码。这一消息在网上传得沸沸扬扬，在"超女"的网站帖吧里能看到"关于李宇春没通过成都海选"的帖子，内容是李宇春在成都唱区的海选中就被评委刷下来，但是因为广州唱区的比赛先举行，湖南卫视看到与李宇春风格同属"中性风格选手"的周笔畅特别有观众缘，又秘密召回李宇春，并重新录制了一段李宇春"参加海选并通过"的画面。发帖的人还附上了李宇春在海选中被淘汰的"真"照片和补拍的"假"照片作对比，两张照片李宇春的衣着完全不同，一张穿着短袖衬衣，一张则是长袖衬衣。而一位不愿透露姓名的评委在接受记者采访时则称，当时成都唱区海选人数太多，所以50强的名单除了现场派出的直接通行证外，另外的就要评审团根据所有"超女"的表现录像来商议，这个过程持续了近两天。当时，的确有节目组的评委不太看好李宇春，"因为她在 40 秒左右的海选中没有完全发挥出她的特色，但是李宇春是一个幸运的女孩，在50强名单宣布前，她被湖南台一位编导发现了，于是又让她重新给大家唱了一段，我们这才发现她的确不错，最后一致同意她进入50强。”

邵雨涵称，进五十强后，她就感觉到“超级女声”不公平，“有一种很阴的感觉。而且有一个内部工作人员，以好朋友的身份劝我说：你还参加这个比赛？结果都是内定好的，你这是在浪费时间！”她还“揭发”说，其实每场比赛都是提前布置好了的，不像比赛倒更像是一台歌舞晚会。为了印证自己的观点，邵雨涵还举了张靓颖在比赛过程中偷看写在手上的歌词的例子。她直言：“天娱办‘超级女声’完全就是为了赚钱，而且他们骗取了观众，骗取观众的短信费用、骗取观众的眼泪……”还说，导演之一的夏青和天娱老总本来就是夫妻，而且无论是大众评审还是现场评委都是主办方的道具而已，所以没有任何比赛公平可言。“比赛过程中，主持人会不停地号召观众用短信投票，这些都是为了赚钱；还要插播大量的广告……我觉得‘超级女声’根本就不像比赛，完全就是为了赚钱。”

在搜狐娱乐谈起“超级女声”，邵雨涵的情绪有些低落，“经历之后发现了‘超级女声’的这些黑幕，与自己当初参加‘超级女声’的初衷完全不一样，开始以为只要有实力就可以，结果完全不是。”邵雨涵表示，她觉得“超级女声”就像一阵龙卷风，来得快也去得快，而且她在飞乐唱片即将推出自己的新歌《我是超级女生》，直接向“超级女声”发起挑战。

对于邵雨涵爆出的内幕有人深信不已，也有人怀疑她的动机。从“超女”比赛开始到现在，像她这样跳出来揭发传说秘闻的人不计其数，大概每个看节目的观众都能说出那么几段。超女的这锅粥被越搅越浑，至今许多消息仍然真假难辨。对此一笑置之者有之，愤愤不平者也有之，说不定更多的正是听到了这些消息而开始关注比赛的。但这些消息让节目负责人头痛不已，不得不站出来澄清。天娱公司王鹏董事长和湖南娱乐频道张华立总监在接受《南方周末》采访时称：“谁当选冠军，对我们来说，是一样的。因为只要留到最后的，就是人气最旺的，就会为天娱带来最大的商业价值。所以，我们有什么必要搞黑幕呢？为什么不顺理成章地接受老百姓选出来的人，而要搞鬼，和民意作对？这样对我们今后的包装有什么好处？”

此外，从成都赛区海选开始担任评委的常宽对此事也持否认态度，表示不可能存在这种补录之事。

超级帝国

村里来了一个戏班子。

搭台唱戏，开演卖票,落幕数钱,转投他处，一般的戏班子都是这个规矩，谁请的角大，谁就票房好。可这个戏班子可蹊跷了。

其一，舞台简陋 ：一个麦克风，一台摄像机，一张桌子，统统搞定;

其二，不请名角：上来唱戏的都是买票进场看戏的戏迷,戏服、曲目统统自己解决,戏班子置装费不用出了。

其三，图个热闹：管你在家买菜做饭还是走调大王，“想唱就唱”，图个热闹，你越出格，戏班子就越高兴，他们整天在算一个叫“收视率”的账。

其四，无本生意:戏班子不想自己掏钱吆喝，于是和一位养奶牛的大户达成协议,你掏钱搭台，我负责宣传,我唱到哪里,你的奶牛就牵到哪里。

其五，二次生产:门口设一岗点,站一个胖子，所有在里面冉冉升起的新星都要到此报名签约，管你愿意不愿意,给你一次进城的机会。

其六，该戏班在大中华地区获得了史无前例的成功。

最新消息，他们即将来到上海。

2005年2月24日，国内最具活力的电视频道——湖南卫视与国内乳业巨头——蒙牛乳业集团在长沙联合宣布,双方将共同打造“2005快乐中国蒙牛酸酸乳超级女声”年度赛事活动,将“超级女声”进行到底。

湖南卫视，潇湘大军。2005 年的这个夏天，这座超级帝国演了出大戏。

外行人以为，湖南卫视在此次“超级女声”栏目中赚了很多钱。

内行人却知道，远不只如此。

开篇：帝国的诞生

“海”,东北话里意为“大量”,如“胡吃海喝”。

湖南人后把“海选”这个词引入全民唱歌选秀,唱好唱烂,想唱就唱,此曰“超级女声”。

这一唱可不得了,全国总动员,15万上下的海选大军在今年呼的一下冒出来,像海啸般来势汹涌,始料不及。

更何况,还有电视机前上亿的“海量”观众呢,他们为广告买单,为短信公司创收。谁发明了游戏规则,谁便是最大的收益方。

戏班子的创意

长沙东北部的浏阳河畔有个烈士公园,公园旁边是繁华的大街,街角有座两层的普通咖啡店。

那是2002年的夏天。没有人会料到,在未来的2005年里火爆中国的“超级女声”跟这座普通的公园有什么关系。

“当时我们每天晚上下班都到这间咖啡店来,几个人边吃东西边‘头脑风暴’,我从窗户看下去,注意到这座公园,人很多,熙熙攘攘的。”时任湖南卫视娱乐频道节目监制的夏青告诉记者,“我们的节目,为什么不能像这座公园一样,男女老少都能参与,大家都自得其乐呢?”

说话的时候,已经是三年后的今天,夏青跃升为超女评委,她穿着紫红色的旗袍,刚从午夜十二点的舞台上下来,还有些兴奋。她后来透露道,当场“超级女声”的全国平均收视份额已达到12.31%,这就意味着每100个坐在电视机前的观众中,有至少12个人在看“超级女声”的直播。

8月26日,2005年“超级女声”结果终于揭晓。当李宇春略带忐忑地揭开最后一个百万位票选数字上的挡板——352万票。结果揭晓后,全场的“玉米”(李宇春歌迷)们沸腾了,他们实现了本场将短信选票突破310万的承诺,2005年超级女声的冠军花落“李”家。“超级女声”比赛同时宣告结束,就像是一首高亢的山歌,在最高音处戛然而止。

经过海选脱颖而出的冠军,总会得到一份丰厚的大奖——签约出唱片。

然而,千军万马过独木桥,他们有几个人能盼到唱片出世,又有几个人一年之后仍被观众记得住呢?

速食快餐的选秀节目培育了一群喜新厌旧的观众,精明的唱片公司签下了所有入选的歌手,难道要给每一人都出唱片?

这群年轻人,他们的未来在哪里?

超女之母口中的超女诞生记

夜深了。刚从评委席下来的夏青显得有些疲惫,但听到记者采访,她还是欣然前往。“只要能让‘超级女声’好的事情,我都愿意做。”作为男性权力世界里的一点红花,夏青把“超女”看得像她的孩子一样重。

夏青,资深电视节目制作人。“超级男声”、“超级女声”创始人。2003年湖南大众歌会“超级男声”大选评审之一。2004年“超级女声”、“超级男声”大选评审之一。1991年毕业于北京广播学院,曾担任湖南电视台和湖南卫视众多名牌栏目的制作人和主持人。

记者:你们当初是怎么发现“海选”这个词,把它从新闻中剥离出来,放到娱乐事件里?

夏青:说实话我也记不清了。一开始我们主持人说的都是“初选”,进行到一半的时候不知道是谁把“海选”这个词提上来了,上了报纸之后就传开了,大家都这么叫了。

记者:本年度《超级女声》的海选人数在15万以上,很多人在想为什么“海选”能这么火?

夏青:你说现在的年轻人爱表现自己是一方面,但我认为最重要的是,大家觉得“当家作主人”的感觉很好——我想参加,我就能上去唱;我喜欢谁,我就投谁的票。嘿,就算我被淘汰了又能怎么,我的朋友会认可我很勇敢。

记者：说说当时这个节目诞生的背景吧。

夏青：当时是2002年,我在娱乐频道当总监,一天一个同事拿着《南方周末》上的一篇文章找我,那是一篇介绍英国《流行偶像》的文章,也是真人秀,到英国各地选偶像的。当时的背景是,湖南卫视王牌节目《快乐大本营》和《玫瑰之约》已经走进一个瓶颈,全国的综艺节目都不景气,所以这篇文章让我眼前一亮,我立刻打了个报告上去,后来,“超级女声”、“超级男声”相继诞生。

记者：你们前面说《超级男声》也很感动，那为什么不把“超男”放上卫视的平台?

夏青：“超男”的收视率不会比“超女”高，因为参与的男生不会比女生踊跃，男的去做明星大家总感觉并不是一份好的职业。而如果参与度弱的话收视率肯定也低，虽然男生在海选的时候会锐利一点，但总的说来肯定没有做女生来得好。而去年做“超女”也是卫视的大胆尝试，做得很匆忙。我们先做了两个赛区之后才在卫视里播出。

记者：比赛规则很有趣,比如10进7,7进5,使得比赛周期相当漫长,是不是为了吸引更多的广告?

夏青:这些规则都是参照我们的现实情况定出来的。《流行偶像》还更长呢,10进9,9进8,一轮淘汰一个,我们觉得太慢了。

记者：比赛中的一些环节是怎么设想的呢?

夏青：我从初中开始体育就是靠老师放水的，但对体操跳水有兴趣，觉得很漂亮。做“超女”，我就是要还原一个体操比赛的现场，体操比赛之前要有选手的准备，比赛好之后下来和教练沟通等镜头。所以我们做超女也是注重这样的镜头，会放关于选手的人和事，会放她们幕后的一些情景，就是为了让这些选手形象立体起来。比如有一个选手在20进10的时候，父亲欣喜若狂地把女儿抱起来转圈，而妈妈就在旁边帮她拉裤子，那是低腰裤，妈妈怕她走光，我们就会用镜头扫下这些画面，它们都是真实而感动的。

记者：为什么海选的时候你们强调个性张扬,想唱就唱,可是到了决赛,又是千篇一律的“玉女”和“歌后”了呢?

夏青：这也是比赛规则决定的,最后的决赛都是观众投票选出的,结果只能印证大众的口味和喜好是这样的。

记者：是否可以说,湖南卫视是“海选”最大的赢家?

夏青：这个节目是多赢的。

无本生意的法则

如果你认为“超级女声”只是一档电视节目,那就错了。把它看成一个产品,会有更多的发现,而这背后,发明并兜售这款“海选”产品的帝国——湖南卫视功不可没。去年即有媒体评论说,湖南电视是最早放下身段的地方电视台,它打出娱乐旗帜,是一条讨巧的路。

2005年2月24日,国内最具活力的电视频道——湖南卫视与国内乳业巨头——蒙牛乳业集团在长沙联合宣布,双方将共同打造“2005快乐中国蒙牛酸酸乳超级女声”年度赛事活动,继续将“超级女声”进行到底。按照湖南卫视的解释,不论年龄、不论国籍,只要能够被证明为女性,都可以成为参赛者,而每个参赛选手来比赛,只需带上自己的身份证和一张免冠照片。

这是一个近乎无本的买卖。

首先,电视台是搭台子唱戏的角,只要有人气,就有财气。该活动在湖南卫视播出时,同时段收视率仅次于中央电视台一套,排名全国第二名。这一收视成绩在省级卫视中几乎未有先例,并为湖南卫视创造白天最高收视率1.623%。

当记者于全国总决赛前致电湖南卫视广告部时,这一好市景得到了证实。“广告就快被订光了”,对方似乎很忙,要知道,年度总决赛的报价高达每15秒11.25万元,超过了中央电视台第1套最贵的19:45时段11万元的电视剧贴片广告。如果按照每场决赛插播4次广告,每次三分钟来计算,单单一场下来,电视台将进账500多万元的广告收入。

况且,还有人甘愿为搭台费买单。今年李湘一出口,“超级女声”四个字之前必出现“蒙牛酸酸乳”字样。明眼人也知道,凭借“超级女声”的身价,想把这个贵媳妇娶回家,婆家没点家底是不行的。

而“蒙牛”又为何者?擅长事件营销的蒙牛曾经在前年凭借“神舟5号升空”的相关商业运作大幅提高了公司业绩。

据了解，在一年前，即2004年第一届“超女”比赛时，对于蒙牛决定作冠名赞助商的选择，广告业和乳业的大腕们嗤之为“离经叛道”。在人们的印象中，牛奶品牌总是与贤惠的主妇、健康的孩子、温馨的家庭等等传统元素联系在一起；而现在蒙牛却选择了与时尚、勇敢甚至“出位”的“超女”站在一起。蒙牛缘何作此“超常”、“越位”的选择?

“对于选择‘超女’做营销宣传途径，并非外界想像中的随意和赶潮流，而是蒙牛基于国内乳业市场发展方向和市场细化的专业分析而作出的营销选择，”9月1日，蒙牛乳业副总裁、北京销售事业本部总经理王建邦对《中国经济周刊》介绍说，“作为乳饮料，蒙牛酸酸乳的消费群体主要就是充满活力、时尚热情的年轻人，蒙牛早在2003年就开始考虑和寻找一种适合，且吸引这一消费群体的营销手段。现在看来，蒙牛选择‘超女’，称得上是黄金组合。”

蒙牛首先找到了张含韵作为酸酸乳产品的形象代言人。16岁的四川女孩张含韵是首届“超级女声”的季军。蒙牛还特意为张含韵量身定做了广告曲《酸酸甜甜就是我》，将其MV广告片和形象广告投放在电视广告、广播以及全国各大城市的灯箱和路牌上。《酸酸甜甜就是我》更借“超级女声”之势，成为各大音乐排行榜热门单曲。

与此同时，蒙牛在酸酸乳产品上也下了一番功夫：增加四种新口味、换用全新外包装、在以前单纯的利乐纸包装的基础上新增瓶装和袋装等等。

这次为购买“超级女声”节目冠名权,据说蒙牛乳业又投入了2000多万元。在竞得冠名权后,为了投放“超级女声”标识的公交车体、户外灯箱、平面媒体广告,蒙牛又追加了将近8000万元的投资。8月26日，蒙牛董事长牛根生首次表态，蒙牛此次在“超级女声”投入的资金只是1400万元，包括了蒙牛酸酸乳的冠名权、比赛现场的广告牌等内容，湖南卫视还赠送了蒙牛15秒的广告。“可以说我们用1400万达到了3000万的效果。”牛根生显然很得意。

不夸张地说,因为利润高的缘故,做酸奶是乳业市场目前一个比较时髦的方向。所以,最近两年,像伊利也好,光明也好,都有新的酸乳产品上市。不过,借着“超女”的狂热,蒙牛产品已经在5个赛区遍地开花,有报道说,过去一直是伊利优酸乳销售大本营的长沙和成都两个重镇,到今年夏天,市场份额已经被蒙牛抢去了风头。

很难想象,2004年的时候,因为利润下跌,蒙牛还在盘算着如何改变产业结构,到了2005年,却要为如何提高酸酸乳生产能力担忧了。当“红衣教主”黄薪对评委顺子说出:我能喝一口你的酸酸乳吗?当时在观众看来不过是笑话,但就连这样的笑话,如今看来,也未尝不是推动“蒙牛酸酸乳”前进的发动机中的一滴热油。

8月23日，蒙牛乳业在香港发布了其2005年上半年的财务报告，公司上半年营业额由去年同期的34.73亿元上升至47.54亿元，销售比去年同期增加了近13亿元。

短信金桶

“各位观众,你们的投票,将决定他们的去留。”

“各位观众,短信通道马上就要关闭,请投出你手中关键的一票。”

汪涵的吆喝功力一流,虽然强调“超级女声”只是他众多主持力作中的一小环节,但只有这个节目,给他带来了获得“2004 中国电视节目榜”最佳娱乐节目主持人的殊荣。

也许你从来不订阅网上新闻,从来不参加手机投票,因为你怕麻烦又嫌贵。但就这一次,你中招了。

以成都赛区总决赛为例,李宇春、张靓颖、何洁的成都三甲名次由观众投票决出。积累一周的短信被陆续公布,结果为——何洁的票数是 42,335 张;张靓颖的票数是 58,172 张;而李宇春的票数达到了 206,564 张。这三个数字相加,一共是 307,071 票。

据易观国际分析师符星华提供给《21 世纪经济报道》的信息:除去电信运营商的分成,此次“超级女声”的短信收入已占该节目收入的 40% 到 50% 左右(不包括蒙牛酸酸乳的冠名权投入)。也就是说,2005 年“超级女声”的短信收入已几乎可以与其广告费一争上下。

去年“超级女声”的短信总收入约 1300 万元人民币,有人预计,今年这个数字将至少翻一番。不过,湖南卫视拓展部主任易进却对这个“短信高额利润说”进行了否认。

易进解释说:“‘超级女声’所实行的是‘单条定制’的短信投票方式,即短信收入来源主要是通过给观众主动下发有关《超级女声》以及卫视节目信息来收取,并不是通过短信投票的数额来决定短信收入。”

以移动用户为例,首先花费 1 元定制短信,成为湖南卫视的会员,收到回复后，方可以投票,然后所投的 15 票都是免费的,但享受其他资讯服务是收费的。我们规定了一个手机号码为某一位选手在有效时间内只记15票有效,这样就不会出现因为投票是免费的,一个手机号码为一位选手投无数票,也不存在投 150 票就收 150 元和投一张票也要收 10 元钱的情况。而且如果定制之后并不马上退订,短信服务商会在我台的调控下,一个月内给客户发送不超过 10 条“超级女声”动态消息及花絮,每条 1 元。

同时,可以随时自由退订,参与与退订方式都通过电视、网络和下发信息中都有明示。而用户参加任何短信互动节目,都必须支付通信费(由基础运营商移动、联通、电信收取,大约每条0.1元)+信息费(由SP公司制订价格后向基础运营商进行申报,获得批准后方可向用户收取,大约每条 1 元)两部分费用。

难道真如易进所言,湖南卫视在短信上收入甚少?从票数上来看,“超女 10 进 8”达到 200 万张,“6 进 5”达 300 万张,“5 进 3”约 500 万张,3 强决赛预计能突破 800 万张。据悉,超级女声决赛期间的每场比赛短信收入至少在 200 万元人民币以上,7 场比赛能获得 1400 万元人民币以上。再加上预赛期间的短信收入,“超级女声”今年应该能获得超过 3000 万元人民币的短信收入。

今年“超级女声”的无线咨询服务由上海一家叫掌上灵通的纯SP(服务提供商)公司代理,该公司负责人曾对《广州日报》表示:“其实我们没赚多少钱。今年专门为“超级女声”已经投入设备近 100 万元人民币。”而天娱老总王鹏也表示,按比例天娱拿的很少。按照一般的行规,移动运营商首先要拿走 0.05 元的短信通道费,在剩下的 0.95 元中再拿走 15% 的代收费费用(联通为 30%,电信和网通分别为 20%),剩余不到 0.85 元再由湖南卫视、天娱公司以及掌上灵通三家进行分成。按照这种说法,湖南卫视应该拿走的是 0.85 元里的大头。3000 万乘以 0.85 元,单单短信一项,湖南卫视应该可以拿到 2000 多万元人民币的收益。

双面天娱

与参赛选手的签约矛盾倒是一个永不完结的争议，涉及的主角是上海天娱公司,它的身份一直扑朔迷离,有传言它是湖南电广传媒的全资子公司,也有说其为湖南电广传媒和天中文化的合资公司,董事长王鹏就是从湖南电视界出来的。有一点可以肯定的是,“超级女声”是湖南卫视与天娱公司共同拥用的品牌,而后者负责“超女”的品牌开发。

单纯看天娱目前到底赚多少钱,其实是没意义的。天娱老总王鹏到处诉苦，“我们现在还在投入阶段,我们还没有赚钱啊。”

这话听上去蛮虚的,不过其实并没错。天娱的最大资源就是“超女品牌”。换句话说,除了“品牌”,王鹏穷得什么都没有了。

实际上,上海天娱传媒公司2004年5月注册成立的时候就已经是湖南卫视战略棋盘里的一颗棋子了。作为湖南卫视产业链上的一环,湖南卫视控制着广告和短信等直接收入,但“超级女声”的品牌是天娱公司的。

如果你要说天娱在今年夏天一点都没有赚,这是胡说。毕竟“超级女声”这个品牌的价值一夜间身价暴涨,“天娱”这颗棋子得到了真正的解放。连王鹏自己也号称,“超级女声”的品牌目前值几个亿。他说:“我注意到美国电视综艺类节目的收入有 40% 来自于广告收入,剩下的60%来自于对节目品牌的延伸营销,这才是我们投资做超女关注的战略重点,希望能做到美国的综艺节目那种效果。”

做什么事情呢?一言以蔽之:兑现。

网络上有篇叫做“如果我有 100 个超女”的文章,很搞笑,点中了天娱公司的定位所带来的身份尴尬:在目前的情况下,天娱没可能去包装每一个签约歌手。唯一的可能就是做二道贩子,利用出让这些“超女”赚钱。所以我们可以看到公司目前已经和不少出版商、音像制品商、制片商在探讨版权方面的事项，时不时还有“天娱狮子大开口”的小道消息传出。

当然,在传统经济的眼光看来,天娱公司好像有点“空手套白狼”的样子,所以总决赛前,曾经爆发出不少“超女”选手要求和天娱解约的消息,各大媒体对天娱“8 年”的卖身合同抨击也甚为严厉。但是,仔细想,如果因为“空手套白狼”而呵斥天娱公司,其实很不公道,因为它作为产业链的最后环节,和湖南卫视本身是密切相连的。

有报道说，天娱公司2004年的账面上还有大概100多万元的亏损。除了品牌资源以外，“天娱”其实一无所有。如果今天它连几个小女孩的合同资源都控制不住的话，那么请问它的存在还有什么意义呢？

《青年时报》7月份发表了篇调查文章，直指“超级女声”违约金达几百万元，选手被套。文章说，“上海天娱曾要求与超级女声各大唱区20强签订一份文本。超女们认为该文本所定条款十分苛刻，而且在进入各大唱区10强之后，还被要求签一份条款不同的文本。有超女的好友表示，如果超女在签订年限内单方面撕毁这份‘10强文本’，将要赔偿几十万元甚至几百万元的违约金。”对此，记者联系上海天娱时，对方负责对外公关部的徐冰答复，“所有合约都是公平的”，但拒绝给出进一步说明。

之后，天娱老板王鹏曾对媒体表示，“超级女声”去年的收支基本持平，如果算上后来对艺人的一些投入，可能还略有亏损，“但今年肯定是盈利的”。但是，“超级女声”带来的广告和短信收入，天娱传媒只能拿到很少的比例，大部分为大股东湖南卫视所得，实际上，“超级女声”的制作费用也由湖南卫视支出。

遥遥无期的歌星合约

王思思，17岁，去年《梦想中国》冠军，签约环球唱片。在所有的平民偶像中，王思思是成名最早的一个，然而也是推出专辑等待周期最长的一个。在比赛结束后的相当一段时间内很少出现在公众面前。2005年7月下旬，王思思的第一张专辑《花・心・思》经历了种种波折后终于面世，随后思思就跟随《梦想中国》栏目组作为嘉宾在全国巡回演出，直到10月份的总决赛。

没有人知道王思思究竟能走多远，但比起王媞，她至少还是幸运的。王媞是去年“超级女声”亚军，今年，季军张含韵又蹦又跳喝着蒙牛酸酸乳出现在观众眼前，但亚军却已不知所踪。

所有这一切，我们不难看出初出茅庐的小姑娘们在商业运作上面似乎不占上风。在备受争议的合约风波中，外界直指“天娱公司与本届超级女声至少前15名签了合约，而且一签八年，如果违约也需要付出高达几十至上百万元违约金”。对此，滚石唱片公司的唱片总监藏彦斌告诉记者，此种合约，不一定能帮每个女孩实现唱片梦。

在唱片业，极少有公司和歌手签八年合约，八年太长，在娱乐业发达的港台基本是不可能的事情，对于新歌手，更是罕见。一般的合约都是两年到三年，唱片公司和歌手都不想被套牢。

再看看合约，合约有好几种，如果签的是培训合约的话，唱片公司只需要先培训歌手，再确定是否给他（她）出唱片，一年以后可能以不适合而拒绝为歌手发片；如果签的是唱片合约，就必须在规定期内为歌手发片,否则唱片公司要付违约金;但如果签的是全约的话,代表公司不仅要给歌手发唱片,还要代理歌手的演出、广告、影视经纪人资格。歌手在签约的时候要看清楚。

另外还需要注意的是，如果一家公司一下子签掉15个人,数量就太大了。除非你公司财大气粗,否则你怎么能帮15个歌手发唱片?所以，问题在于，签下来了，有多少人能够真正出唱片?这个大家都知道。

违约金问题也是合约中的焦点之一,如果违约的话要赔付多少一般要看当初合同里怎么写的,如果写明违约金了,而歌手遇到更好的机会想转投他家,同时唱片公司也没有打算给他（她）出唱片的话,就算双方都违约。当然,也有合同里没写明的情况,那就要看后来的协商而定。

对于以上关于合约的种种疑问，天娱的解释也能自圆其说。王鹏告诉《环球企业家》杂志，按照他的计划，“超级女声”每年会产生新人，天娱与有潜力的选手签约7至8年，然后天娱选择有实力的合作方进行合作，比如唱片，比如演戏，甚至演出业务，天娱在其中抽取10%左右的分成。不过，在捧出一名巨星之前，“超级女声”更像一个大众参与的卡拉OK，而不是升上娱乐圈的电梯，即使如此，天娱如何在其中发现能够“一夜蹿红”的明星呢?

这就意味着高昂的成本——“超女”确实是一个赌博，她们必须要经过培训才能完成从人气之星到明星的转变”。不仅如此，因为天娱签约中保证出品不低于一定数量的唱片，如果天娱没有找到合作方或者合作方的权约要求过高，天娱将独自承担这笔高昂的唱片制作费用，而天娱仅2005年签约的歌手就达50名。另一方面，“超级女声”如果每年都出，如果不及时出手就可能成为“烂苹果”。而如果天娱仅仅握住经纪权并只和歌手进行单张唱片合作，项目制的合作难免落入短期利益的圈套，而艺人投资通常是前三年投资后三年赚钱的曲线。

而更深的矛盾在于，电视台和经纪人业务的角色冲突是天娱最大的障碍，“香港TVB是最典型的例子”。经纪公司希望将艺人的利益发挥到最大化，而电视台的利益在于本身，它希望艺人为电视台多做事情，冲突在所难免，“如果一个艺人有两个工作撞期了，一个是帮TVB做事情，一个是拍王家卫的电影，签约TVB的艺人很可能要选择后者”；不仅如此，湖南卫视、天娱捧红的“超级女声”，其他电视台谁愿意帮湖南卫视捧呢?各电视台之间的相互竞争，天娱和湖南卫视的血脉关系并无益于经纪业务的成长。

如果说艺人是“超级女声”品牌价值最核心的资产，另外的资产就是其衍生产品的开发。“目前中国娱乐类节目通过衍生产品开发的价值仍然很难超过节目本身的广告价值”，鲍晓群认为千万不可高估超级女声可能带来的衍生产品价值。

王鹏并非没有打算，“甚至细化到每一个人，叶一茜就是先红电影再来唱歌”。潜在的计划包括与国内某大型服装公司合作的“超级女声”服装，同国内有实力的唱片制作公司合作为“超级女声”打造唱片，即将于9月开拍的有关“超级女声”电视剧，以及在比赛结束之后的一系列全国商业演出计划。

尾声：后超女帝国

走下舞台的“超女”，瞬间变为了“商女”。

2005年的“超女”冠军获得者李宇春，走下炫耀舞台后风头更劲，近日在北京签下了7位数字的代言合同，身价一下子蹿升至向娱乐明星章子怡、赵薇等前辈们看齐，一个年仅21岁的小女子又造一个财富神话。与此同时，李宇春又被传以接近300万元的身价与神舟电脑签约,出任其品牌代言人。天娱与神舟方面事后均已证实代言这一事实,至于这一纸合约是否价值高达300万元,至今没有说法。

神舟方面认为,李宇春和该品牌电脑同样拥有平民气质,于是在第一时间着手与她签下2年合约,这位人气超女成为其形象代言人。

对于各超女的第一张唱片，天中唱片董事总经理余秉翰比较乐观，“以六强选手现在的人气，随便哪一个出唱片卖它二三十万都不成问题”，但他强调这只是短期内的效力，要想长久红下去，“关键还看唱片公司的执行能力”。他替“超女”们一语点破玄机，“中国太大了，唱片公司做新人最痛苦的就是前期宣传、告诉大家这个歌手是谁，而超女们已经很顺利地跳过这一关——全中国人民都知道她们的名字。但是如果真正进入这一行，她们的身份就是艺人，面对的对手也不是其他‘超女’,而是圈里的同类型艺人，一旦离开‘超女’这个平台，所有艺人都一样，就是用作品说话。所以选对公司很重要，张靓颖签一家以摇滚为专长的公司就死定了，如果是一家注重音乐性的公司应该没有问题。”

太合麦田董事总经理宋柯倒认为从唱片公司角度，李宇春和周笔畅更容易把握，他的观点是：“李和周属于非常个性化的歌手，她们就是现在这个样子，唱片公司只需给予更大平台让她们去淋漓尽致发挥就好了。她们代表了内地上世纪90年代成长起来的年轻一代，对自身都非常自信，不需要也不愿意去做谁谁第二，表达个性的愿望非常强烈。”

相反，被普遍认为“不成问题”的张靓颖，宋柯却有些担忧其日后的发展方向：“她曾经拿过很多歌唱比赛的冠军，我担任‘闪亮之星’、酒吧歌手大赛评委时都对她有印象，唱功是没问题的，唯一的遗憾是她以唱英文歌为主，我个人不知道将来转当职业歌手让她唱什么，中国上哪去找词曲作者写玛丽亚·凯莉、惠特尼·休斯顿风格的中文歌啊？总不能老出英文歌翻唱大碟吧！”

如果说唱片制作还是慢功出细活，需要慢慢消化一下的话，那么10月1日即将上演的超女演唱会将为天娱公司带来一大笔热钱——全国十城市巡演正式开始。天娱老总王鹏透露，“超级女声”的全国巡演一共10场，每周六在一座城市举行一场，首站定在成都。据说超女前5的出场费分别是纪敏佳5万元，何洁7万元，张靓颖10万元，周笔畅15万元，李宇春20万元。

超级D冰

超级女声，2005 年度最佳社会学标本

尽管从一开始就有绞尽脑汁的商业设计，但是谁也没有料想到，一场青春小姑娘们的歌唱拉力赛会星火燎原般地烧着了全国人民。并且或许还是第一次，吸引了社会各个阶层人的目光。

小女生们看见了梦想和近距离的偶像；

男孩们看见了自己喜欢的女孩类型；

中年人像疼自家孩子般的看这些姑娘，没准还暗暗遗憾自己没生在这个想唱就唱的年代；

“海龟们”边看边寻思着国际化和本土化的区别，黄薪虽然比孔庆祥唱得好，可也实在搞笑；

娱乐业的人倒吸一口气，现如今唱片多难卖啊，怎么这会儿几百万人不要钱似的狂发短信？

文化圈的人也从学术书里抬起头，饶有兴趣琢磨，怎么这个节目就那么活？

政治学者更惊讶，大伙儿无师自通，居然搞了一场“票选预演”。

……

在人人都是十五分钟明星的年代，流行是速朽的，但还有什么比它能更真实地倒映出一个庞大混杂的群体心理呢？在这面镜像中，有你和你周围所有人的身影。大众文化事件是另一种记录历史的方式，每一个真正的偶像的诞生，都受着大众需要的潜在推动，不论李宇春是常青树还是昙花一现，在某种意义上，她和“超级女声”的名字，将连接在邓丽君、罗大佑、周杰伦……的后面，这些业已淡忘或者仍然记取的名字，在歌声中存留了一个时代众人的心声。

喷向“超女”的“口水”已经多得无以复加，不过，在这本“超女”全记录的书中，我们的口水却和内幕、八卦、排挤、争斗无关，而和若干资深人士对话，从四个层面——性别差、偶像制造、商业电视、大众文化——深入解读和分析这一场盛大的狂欢，作为一个标本看男女，看产业，看大众，看社会。

我想，这些资深人士不会反对用“口水”这么网络化的语言来定义他们发表的看法。事实上，当这些知识分子、文化人、学者出于不同的心态收看“超女”时，所谓的精英和大众已经产生了一次少见的交叉和融合，用严肃的态度和思考来讨论一桩全民娱乐事件，不是挺好玩的吗？

保守就要 OUT 吗？

在关于“超女”海量般的网络帖子中，北京记者安替在自家博客上的一篇文章《安替终身做叶一茜粉丝宣言》找来了海量的点击和“口水”。认识的，不认识的人（其中以女性居多）激烈地指责他，什么年代了，还是那么老土，只喜欢毫无个性 “花瓶美女”。

安替说出了男人对于女人“传统”的审美和期待。他没有料到这篇网文会引起那么大的抗议声，他费解地问：“身为一个男人，喜欢美女难道成为一个问题了吗？”

这是一个有趣的现象，虽然没有正规的统计，但毫无疑问，李宇春和叶一茜的粉丝阵营有着截然不同的性别差异——李宇春的粉丝绝大多数都是女性，喜欢她的男性为数稀少；叶一茜的粉丝中则以男性居多。

这两个女孩似乎构成了女性角色的两极——一个是“非常女孩”的女孩：高挑，柔美，温和；一个是“非常男孩”的女孩：潇洒，帅气，硬朗。在这个意义上，叶一茜和李宇春不仅是舞台上活生生的歌手，还是两个截然不同的女性符号（我不同意将她们划分为传统 / 现代）。当这两个符号像探测器一样伸入当下社会，各自庞大的粉丝群的拥护和攻击，恰恰反映了如今的男人和女人对异性 / 同性的审美趣味和角色期待的现状与变化——有多元，也单一；既宽容，也狭隘。

记者：你在文章里说，叶一茜的粉丝是一些“不老的老男人”。他们，或者说你们人都是一些怎样的男人？

安替：喜欢叶一茜的大多是 30 岁到 40 岁之间的男人。我今年 30 岁，1992 年上的大学。那会，男生喜欢的都是那些“标准美女”，高挑，清新，斯文，大眼睛，长头发。

记者：那你大学里的偶像都是谁？

安替：挺“庸俗”那种，念书的时候喜欢周慧敏，大学毕业以后就喜欢梁咏琪。

记者：你从一开始就喜欢叶一茜吗？

安替：不是，一开始我更喜欢何洁，她很有活力，让人开心，长得也挺漂亮。后来有一场比赛，叶一茜哭了，她哭得那么真，就是那种走投无路时候的哭，和别人特别不一样，没有心计，也不是为了煽情，从那时起，我就最喜欢叶一茜了。

记者：一个漂亮女孩哭泣时候的柔弱和无助，打动了你？让你产生了一种怜香惜玉，保护她的念头？

安替：可以这么说吧，她有种让人想伸出手去帮助她的冲动。

记者：你短信投票了吗？

安替：投了，两周都投满15票。

记者：有人说，叶一茜被PK掉，是因为她的粉丝都是一些成熟的老男人，你觉得呢？

安替：这是一部分原因，喜欢她的男观众没有像其他粉丝那么投入，狂热，他们喜欢，但不见得会热衷地去投票，去网络上疯狂地灌水。叶一茜的粉丝是属于不参与、不表达的那部分。

记者：为什么你的文章会招来反对和“攻击”？

安替：我也不知道。喜欢叶一茜是一种很保守的审美眼光，我也不认为这是一种值得夸耀的东西，对女性的审美正在变得多元化，但这不意味着保守的审美观一定要OUT，既然提倡多元化，保守的眼光为什么不能成为多元中的一支呢？

记者：你觉得为什么女孩们不太喜欢叶一茜？在一个年轻女孩们的竞技场上，叶一茜这样的女孩是否最容易遭到同性的嫉妒？女孩是否本能地不喜欢比她漂亮的女孩？

安替：女性不仅嫉妒她，而且还夹带着愤恨的情绪。我想不仅仅是因为她漂亮，而是她更有男人缘。女性竞争的不仅是容貌，还有男性的关注和追求，当叶一茜得到很多男粉丝拥护的时候，她们会有种威胁感。这是一个小动物圈起地盘后、捍卫自家边界的游戏。

记者：但是还有些女性，并不是因为嫉妒而不喜欢叶一茜，她们只是觉得叶一茜不如李宇春，周笔畅，甚至黄雅莉那么有个性。就像很多女性不喜欢李嘉欣和林志玲，认为她们美则美矣，但没有灵魂——至少看起来是这样？

安替：哈哈，你们看看她们在网上对叶一茜的攻击就知道是不是嫉妒了，简直要除之而后快。

记者：你不喜欢李宇春？

安替：不反感，但肯定说不上喜欢。老实说，我就觉得她像个男人，我就是想不通为什么有男人会喜欢她。

记者：你身边有喜欢李宇春的男人吗？

安替：有啊。不多。

记者：他们又是一些怎么样的男人？

安替：我觉得都是一些异类。

记者：异类？什么样的异类？

安替：说不上来，反正和我周围的男人不一样。

记者：你周围都是一些什么样的男人？

安替：我是记者么，也不是文化人，周围都是一些大大咧咧，不修边幅，比较保守的男人。

记者：你肯定不喜欢F4、裴勇俊那样的男明星？

安替：当然不喜欢，特别讨厌F4洗发水的那个广告。

记者：看来，叶一茜代表了“典型女人”，喜欢她的是“典型的男人”。

安替：是保守传统的男人。

记者：可以说，你对性别的认知比较单一，男人就该是男人样，女人就该是女人样，是吗?

安替：我是这样的，别人可以不这样。

记者：女孩们喜欢李宇春，说明她们对女性角色的认识多元了，但同时又不喜欢叶一茜这样传统的女孩，以至于你这篇非常“正常”的文章招来了那么多口水和“板砖”，这是不是又是另一种狭隘?

安替：在中国，女性主义的发展还在初级阶段，她们希望把千年被压迫的历史改变过来，所以矫枉过正，自己要爽，要多元，但讨厌男性多元，她们不懂对等游戏。这可以理解，男人们让让就是，反正世界暂时还是我们的。

记者：根据我自己的观察，喜欢李宇春的男人非常少，这是否说明男性对于女性的审美还是比较单一的?

安替：在现在的中国，女性的形象越来越多元，社会的宽容度也越来越大，很多非传统的女性也能得到社会的接受和欣赏。但反过来，对于男性形象的界定仍然是非常严格的，甚至男性标准女友的形象也是被规范的。比如说社交party中，带什么样的女伴，都有一种无形的社会压力存在。男性总是愿意和叶一茜这样的女性一起去，不可能带着李宇春（当然李宇春根本就不在乎这个），这就是一种社会压力。男性不仅生活在一个竞争的世界里，还活在一个性审美被规范的世界里。

记者：就是说，社会，包括女性对男性角色有着严格的，单一的界定，反过来，男性也对女性有着传统的、单一的眼光?

安替：是的。

记者：夸张一点说，《野蛮女友》扩大了男性的审美观，让男性觉得，暴力一点的美女也挺可爱的。那么“超级女声”里面涌现出来的李宇春，周笔畅这样的非传统女孩，会影响男性的审美观吗?

安替：那当然。审美观是会被传染的，隐藏起来的受虐倾向都很容易给这些韩片唤醒的。作为平等主义者，我当然希望女性能活得平等和自由，完全别管我们这些男人怎么想。但是作为个人审美，我保留着我的保守趣味，反正也没伤害什么人。

记者：你现实生活中也喜欢叶一茜那样的女孩吗?

安替：其实我的女友不是叶一茜型的，应该说是叶一茜和张靓颖的混合体。欣赏和爱是两回事，人就是挺复杂的。

附录

《安替终身做叶一茜粉丝宣言》（节选）

“当叶一茜被PK的那一瞬间，我的心彻底凉了，整个世界也安静了下来。她离开了“超级女声”，“超级女声”也和我无关了……她如果出CD、拍电影，我会买下每个版本。她无论到什么地方开演唱会，我都会第一场追她而去。

……我们这些一茜粉丝，一直被周围的女性质问，为什么喜欢她？ 笑话，难道让我去喜欢其他男人婆吗？喜欢美女难道成为一个问题了吗？

……张也许懂音乐，但她不懂人性。如果我要选择爱一个人，我觉得不会选择她，对于这种的女生，我有本能的警惕。凉粉们的阴谋论也感染了张靓颖，她经常埋怨这埋怨那，她太爱她自己，她又太不自信。

一茜的支持者不会这样。我们知道，一茜的最好成绩也就是进入6强，甚至她现在第7，我们都为她欣慰。她不必第一，因为在大多数正常男人的心中，她已经足够好了。

我承认虽然我一直追求自由平等，但是我的审美观依然处在传统和保守的阶段,甚至我怀念那种正常的男女之间的社会分工和审美定位。我认为所有的女性都是最美的，但我认为一茜这样的传统美女，是我心中特别的梦想。

一茜最后和她哥哥说的话很让我感动。其实，我们这些不老的老男人都愿意做你的哥哥，看着你披上嫁衣。

我喜欢自信的女人，而美女是最容易自信的。我们看过太多的张靓颖，有才华却依然不自信，和人交往你能感觉她的紧张。而叶一茜，却是那种很知道自己定位的女人，自信满满、安安静静。

男人其实很疲倦，他需要在自己的战场去厮杀。他希望安安静静地欣赏一个女人、听她唱歌。

少年的我，希望有人和我比翼双飞，甚至有一个聪明的女神能带领我走出埃及。其实那个时候的我，过于害怕世界、过于想远走高飞。长大了，才知道人是可以很安静很安静的，哪怕世界只有你一人在孤军奋战，但只要有信仰，就无所畏惧。如果这个时候，能听到一个温柔的女声在唱着安静的歌，那就是最大的慰藉。

我要承认，我们这些男人都把叶一茜美化了，可能也是给张靓颖和李宇春激化的。但听偶像唱歌，本来就是一种理想化的仪式……所以，我愿意宣布，我终身成为叶一茜的粉丝，不管别人的指责，把不老的老男人的品位坚持到底。

李宇春这面多棱镜，照得见别人，照不见自己？

“我的心里只有你，没有他……”具有超级偶像潜质的人就是这样，才一出场，就叫你难以忘记。而她的魅力，你无法用语言百分百表达内心的感受。

“超级女声”这档节目贡献给我们最大的惊喜，就是李宇春，一个可以和周杰伦相提并论、足以成为21世纪年轻偶像的女孩（当然前提是她的签约公司没有傻到灭了她的个性）。这个1米74的四川女孩，有着少年一般清瘦颀长的身体，低哑的嗓音，台风自信洒脱，有种莫名的豪气。而静静地不说话的时候，细薄的嘴角又有一个羞怯的微笑。别的女孩潸然泪下的时候只有她低头不语。

李宇春的粉丝群是最为庞大的，也是最有特点的。在性别上，玉米是最单一的，绝大多数都是女性，而喜欢她的理由又是最多样的。有人把她看做一个充满男孩气的女孩，回想起自己“小男孩期”，剪短发，穿格子衬衣，像男孩一样直爽帅气不羁；有人把它视为一个清秀羞怯的少年，说她是最理想的男友人选；有人把她当作一个纯真的孩子，就像自己正在成长的丫头；也有人因为李宇春，重新审视了自己的性别意识和性取向……

那么，当李宇春变成一个现象，一个符号，成为“中性美”、“TOMBOY”的代名词，承载了那么多重同性的想像时，她自己呢？她知道自己是谁嘛？她清楚自己的性别角色吗？

“玉米”们的热爱和正在包装制造她的偶像产业，会让她更加迷糊吗？

男人喜欢叶一茜，女人喜欢李宇春，这不是很正常吗？他们干吗要攻击对方呢？如果男人都喜欢李宇春，女人都喜欢叶一茜，这个世界才乱套吧？

当然，我希望女人也喜欢叶一茜，别那么小气，漂亮的、异性缘强的女孩也是可爱的；我也希望男人欣赏李宇春，别那么狭隘，洒脱的、帅气的、不羁的女孩也是可爱的。不过要是人人都心平气和，都多元了，“超级女声”之类的竞争游戏还玩得起来吗？没有了复杂的人性，又有什么好玩的呢？

对她的迷恋，就像一场梦魇

陈黎，写小说，翻译作品，现居北京，自称“半个玉米”

记者：你什么时候喜欢上李宇春的？

陈黎：第一场，就是她唱《我的心里只有你没有她》。我最喜欢的也是这场。

记者：那会儿，你觉得她是个女孩还是男孩？

陈黎：男孩吧，就是个男孩。

记者：后来呢，一直把她当作男孩吗？

陈黎：不是，那场是她最像男孩的一场，后来觉得她很中性。如果她不是放在一群超女中间，我也未必喜欢她。

记者：是其他女孩的女孩气，衬托得她更特别？

陈黎：是啊，她和其他所有的人都不一样，和我们印象中的女孩不一样，她没有很多典型的女孩的特点，不矫情、不柔弱，不依赖，非常舒服。

记者：你的喜欢挺有代表性的。

陈黎：是啊，我觉得“玉米”里面很多人都是因为这个喜欢她的。

记者：你周围喜欢她的男性多吗？

陈黎：不多，挺少的。

记者：这些男性有什么共同之处吗？

陈黎：好像没有，既有文学青年，也有一百八十多斤的大老爷们。

记者：李宇春的演唱会你会去看吗？

陈黎：不会。

记者：为什么？

陈黎：我可能算是“半玉米”，而且当时喜欢看超女，喜欢李宇春，就像一个梦，就像中邪了一样，那段时间整天议论的就是超女超女超女，好像这就是生活了。而一旦这种生活结束了，它就迅速的成为一种记忆。我和许多“玉米”都已经退烧了，不知道，清醒了，重新回到现实的生活中。这种感觉，就像看电影，当散场的灯光亮起来的时候，那个令人沉浸其中的世界就结束了。

记者：你关注李宇春的以后吗？

陈黎：会的。她是所有超女中最不能预测的一个，其他女孩你能看得到她将来是什么样子，而李宇春，你不知道她会是什么样子。如果公司把她包装成了女的，她就完蛋了。

我们的少年时光，都有过李宇春那样的一刻

文 孟静

我和《中国式离婚》的编剧王海鸰聊李宇春,她一副"我早就等在这里"的模样,她说了一句话,让我鼻子都有点酸了。她说“李宇春有一种让人绝望的力量,25岁以前的女孩都幻想过成为她那样。”

我不知道别人,但我自己,和李宇春一样大的时候,剪过极短的寸头,希望别人把我当男生看,希望自己不取悦男人,希望做一切男人可以做的事。这和性取向无关,只是对这世界的一点小小的反抗,直到在现实面前低下头来。李宇春完成了很多女生的梦想。

不止一个男人说过:李宇春的胸还没有他的大。我觉得男人评判一个女人,第一反应是他们的感官享受，胸在这里是拿来用的,并不是美的象征。他们永远无法理解一种感情：不求回报，只有奉献，像“玉米”对李宇春的爱。也许这话会激怒很多人,可是我还是觉得:女人在感情上比男人进化得更彻底(这里不包括那些用身体交换其他的女人)。

女人看到一个美少年，羞怯的、清秀的少年,第一个冲动是照顾他,呵护他,而不是占有他,这也许是男女永远无法达到共识的部分。李宇春就是这少年,没有性别的,如孩子般纯真,没有混过场子,跑过江湖,学会算计,学会撒娇耍赖,吊在男人膀子上的孩子。所以她完成了一批人的梦想,也点燃了另一批人的愤怒。

女人看女人永远是最毒最准的,尤其是有些年纪和阅历的女人,我采访的就是这样的女人,她们根本不觉得李宇春是用性在诱惑女性,在她们眼里,李宇春纯真如婴儿,没有经过污染。她们对李的心疼是对自己孩子般的感觉，对青春的心疼。

只要有真情,任何性取向都是值得尊重的。而某些类似于长期卖淫的婚姻,比如拼命嫁入豪门的女明星,在我看来才是脏的，偏偏男人会为这种脏女人神魂颠倒。

自从这个夏天遇上李宇春以后，我仿佛重温了一遍少女时光，李宇春，就像是我少女时代的梦想。在生活中，我自愿放弃了许多东西，在她的身上，我找到了遗失许久的东西。

我一直在说，许多“玉米”是怜她如子，爱她如妹，保护她像保护自己最重要的朋友，而不是什么性的吸引力，可是这种说法，在污水面前，毫无辩白能力。

我和许多喜欢她的“玉米”都深深地明白，经过这次夏天的成人礼，她会迅速长大，但是不管她变得如何，我们都会永远心疼她，爱她。因为，我们都曾经这样长大，这，应该是

专属于女性的一种特别的情感吧。

——孟静博客上的留言

“喜欢李宇春也是一种美好情致，其实，同性之间，也需要一种欣赏、赞叹。年少的时候我们也希望成为这样一种人，身上有着男孩子的不羁和清爽。让人产生一种安全感……看李宇春展臂，接纳张靓颖的手，在五组的帮帮唱中，只有她是最无私的，甘愿当靓颖的配音。那种保护欲和气度，这种瘦而清矍，那般闪耀，也是意料中的事情。”

——摘自“天涯”社区

“我一直不喜欢中性化的女生，但是看了李宇春，突然呆住，世界上怎么会有那种女孩，对她的感觉很奇妙，她身上的确有着让人着迷的东西，甚至如楼主所说的悸动，她既能消除女性间的猜忌，又能使你对她产生同性间特有的亲密无间……”

——摘自“天涯”社区

一旦进入这个圈子，就是百分之一百的人生了

《超级女声》结束了，而《超级女声》的星途才刚刚开始。李宇春、周笔畅、张靓颖、何洁，已不仅是一档电视唱歌比赛中的选手，而是进入了娱乐产业的程序，成为了等待包装和制造的"准偶像"。没有人知道，她们将会继续这般灿烂，还是迅速黯淡。

唱歌比赛只是一个短期的、一次性的梦想游戏，而一旦进入娱乐产业，这些一夜成名的女孩未来的生活和命运将就此决定。或者说，参加"超级女声"，是她们单纯的主动的选择，而如今成为偶像产业最炙手可热的"半成品"，她们接下来的形象、行为和方向，更多的则将由包装她们的公司，由这个行业来决定。

梦想变成了产品，这些年轻的，正被突如其来降临的巨大的名气撞得发晕的女孩们，有足够的清醒，足够的判断，足够的智力，知道自己该怎么走吗？她们知道前方等待自己的有诱人的成功，也有惨痛的失败吗？

那些已经拥有她们，或者千方百计想拥有她们的娱乐产业公司，有足够的清醒，足够的资本，足够的想像力，足够的执行力，把她们成功地制造成有人气、有财气的偶像吗。而不是把这些极具偶像潜质的女孩迅速地变成一堆泡沫？

业内人士对这场胜利的女生游戏有什么看法和启发，不得而知，但至少有一点是肯定的：700万条短信！3天之内超女上海演唱会卖出了几万张票子！……中国本土的娱乐市场是多么巨大。

郝燕，曾是资深演艺经纪人，代理过多名一线艺人，现在用她自己的说法是"在家休息"。

记者：最近路过报摊，常常能看见李宇春、周笔畅、张靓颖、何洁的海报。印象中，很多年没有见过这种怀旧感的海报了，这和娱乐周刊夹带着送的免费海报可不一样。国内不是没有偶像，可像她们这么火的还真少见。

郝燕：是呀，上一次本土偶像那么火爆，大概还是"小燕子"的时候。

记者：可我有个感觉，超女的火，尤其是李宇春，和包括"小燕子"等在内的其他本土偶像的红，不太一样——这不只是程度上的差异。

郝燕：是不一样。第一，他们的成名不同。赵薇啊，陆毅啊，还是一种比较传统的成名方式，是通过"作品"——电视剧、唱片、电影红起来的，这种模式在国内已经相对成熟。而超女是另一种非正规的成名模式，她们不是几个老板坐在一起挑出来的，而是经过一场类似真人秀的电视节目，由观众票选出来的。

第二，粉丝喜欢她们的理由也不一样。比如赵薇，几乎也是一夜成名的，但大家喜欢的其实是她扮演的角色“小燕子”，而不是赵薇本人。而超女呢，大家喜欢的不是她们唱了什么，而是她们这些人。

超女的个性、魅力、优点、缺点，是在整个比赛过程中反复地、细微地展现，在那些互相支持还是互相使坏的环节中，在幕后花絮和亲友的唠叨中，在粉丝与偶像的互动中，选手们的特点获得了全面的展示。这一点，是《超级女声》与任何选秀的根本区别，这也就是为什么《梦想中国》虽然也有全国赛区，也是普通人报名，但结果还只是传统的文艺比赛，而《超级女声》确实是最接近国际上流行的“真人秀”的节目类型；也就是说，其卖的是个性，是人，而不是才艺。

记者：作为一个电视节目，《超级女声》是非常成功的，而她们进入了一个新的阶段：偶像包装的娱乐产业。你觉得接下来会怎样经营她们呢？

郝燕：我想，应该是两个方面，要么是“超女”作为一个品牌，四个人一起经营，开演唱会啊，出唱片啊。还有一种么，就是单独发展，各自有各自的定位和市场。更理想的是，是像日本的SMAP团体，就是木村拓哉在的那个乐团，这么多年了，控制得非常好，木村拓哉还是日本一线男星，而SMAP也一直很活跃。

记者：超女有望打造成SMAP吗？

郝燕：日本市场和中国市场很不一样，它的市场小，经纪公司就那么几家，对艺人有着绝对的控制力，艺人不敢随意和公司解约，你离开一家公司，很可能没别的公司要你。艺人做什么，说什么，都是公司帮你规定好的。当然他们也相当专业和成熟。而中国的市场太大了，不是有人说，现在起码有两百家公司打超女的主意，这样的话，要做成一个长期稳定的品牌，就存在着太多的变数。

记者：那么超女们星运如何？

郝燕：这完全取决于她们的签约公司。一家公司好不好，我觉得要看四个方面：资本、经验、管理，还有就是想像力，胆魄。成功的案例人人都看得见，而那些做砸的内幕很多人是不知道的。

资本对中国所有的经纪公司和经纪人来说，都是最大的问题，以艺人经纪业务为核心的、背后有强有力资金支持的公司，可以说一个没有，所以我们造星的偶然因素要大于必然因素。每年都会有许多公司以为，我有戏拍我可以推自己人，我有唱片出可以推自己人，但是推出来的有多少，还是靠机缘，而不是必然，这个是我们行业不成熟的地方，《超级女声》的这些姑娘们有了很好的人气，如果因此可以运作到足够资金，就是个好事情了。

经验就是对这个行业的了解程度了，包括这个行业方方面面，体制，人际脉络，法律保护，等等，好的经纪公司应该对这一切心里有底。我们经常可以碰到一些“策划人”，他会给你讲非常好的设想，但是那些设想是他一个人在办公室里想出来的，或者是他看到什么国外的例子以为你看不到就“借鉴”来的，他们基本是想借知名艺人实现自己的“梦想”，缺乏实际经验的“策划”是很害人的。当他们做不到的时候会感慨，中国的娱乐真是不行。

管理经常被外界忽视，其实很多好的策划是被不好的管理损耗掉的。艺人圈子确实是是非圈，尤其又有利可图，这些艺人身边会迅速出现各色说客，管理不好的公司容易使艺人产生不信任感觉，心思太杂的艺人又使公司产生是否值得投资的疑虑。而许多经纪公司与相关的资本之间也缺乏信任和认可。都说中国发展下去诚信是个大问题，在娱乐行业同样如此。

最后说的想像力，似乎与经验是矛盾的，其实要结合起来，在熟悉别人怎么做的基础上，敢于设想大胆的自己该怎么做，这是经纪工作最大的智慧。

超女现在究竟与电视台和制作公司之间是什么样的合作关系，还不大清楚，可以肯定的是，下一步，谁来经营她们，决定了她们的星途。假设以她们现在的人气，还是允许犯些小错误的，摸石头过河，最后到大海游泳，不也很好吗？我是乐观的，我想她们都会比第一届的发展得好。

记者问：可是现在很多评论都是持怀疑态度，觉得她们比赛过后就不行了。

郝燕：我想大家都是了解我们现在的内地娱乐圈有多浮躁，多不专业，所以说的是经验之谈，我比较乐观，给她们一次机会，也给我们的消费者一次机会吧。

我想指责比建设性工作要容易。比如濮存昕补钙、刘翔拍烟草商广告的时候，明明是策划人员的错，很多的批评却是指向他们个人的，后来人家改了。前者现在完全是公益形象，搞文化，不演少妇杀手了，后者索性不出来了，这样就好吗？少妇杀手照样有，成了香港艺人、韩国艺人，而运动员为什么不能当大众明星？其实作为妈妈，我宁可我的孩子崇拜刘翔而不是某些实际上一点也不叛逆的叛逆少年。

中国是需要自己偶像的，给姑娘们一个机会，也是提升我们自己的娱乐水平的一个机会。对媒体对我们本土艺人的苛求，我一直是有意见的，你知道有个著名的娱乐节目《娱乐现场》在中国一百多个电视台都有发行，一些国际唱片公司打造的新人，一来北京做宣传就可以上他们节目，而本土的新人能上他们节目的可能性是零！媒体，尤其是娱乐媒体，必须意识到，他们其实是靠娱乐新闻在卖广告，他们是娱乐行业的一员，应该做建设性工作，而不是像一个更高的准则一样在那里议论判断。对于《超级女声》的问题更是如此，这样大的短信参与已经是我们的消费者在表态——我宁可说是消费者而不仅仅是“观众”，因为所有发短信的人都很清楚他们在花钱——媒体这一次再打着“观众代言人”的身份去随便批评她们，本身就不合适，而应该去研究，为什么消费者喜欢她们。 我们脆弱散乱的娱乐圈，其实需要更多鼓励。

记者：要是你是老板，你会签谁？

郝燕：当然是李宇春，看看她的个性，如今的市场，个性比什么都重要。有人说，她的嗓子不好，做不了好歌手，我觉得是苛求了。陈百强唱歌也走调，飞儿乐队的现场不也走调吗？李宇春的嗓子的确不如周笔畅、张靓颖、何洁，可她的现场感很好，她有一种独特的魅力。更何况，李宇春一定要做个歌手吗？

记者：不做歌手吗？这个观点有意思，那要是你来包装，想让她做什么？你看，李宇春不太好去演戏吧，她个子太高了，没几个男星配得上她，看来她主攻唱歌了。《超级女声》唱的都是别人的歌曲，可要是自己发唱片了，总不能是张口水专辑吧。

郝燕：唱歌比赛的第一名，就要做歌手，这是一个一般的模式。为什么要按照常规的思路走呢？这就是我说的公司的想像力和魄力。其实，现在国内做唱片是不赚钱的，拍戏的挣钱周期比较长，而且选择角色还是挺被动的，李宇春的特点是中性，帅气，酷，而且反应敏捷。我倒觉得她可以做主持人，不是摄影棚那种类型，而是那些街头的、户外的、野外的活动主持人，符合她的特点。她还可以去做公益事业的代言人，因为她人气极佳，索性去做青年人的理想代表也没什么不好。当然还有广告，对艺人来说很重要的，它不仅带来更多更快的现金流，而且给他们的偶像形象加分或者减分。潘玮柏做可口可乐的广告就是加分的，迅速增加了他在内地的知名度。而赵薇、郭晶晶做的“好吃你就多吃点”的广告，其实不太符合她们的形象。

传统上的那些导演啊，老师啊，肯定会批评，说这种没有作品的纯粹靠炒作是不长久的，但是其实市场是有许多层次的，你有特点，就有自己的位置，比如刘嘉玲，你会发现她根本没有一号作品，除了最早的电视剧，她所演的电影都是配角，只是以是非新闻占据报纸版面。但是那么多年，她却一直是一线的大明星，是若干高级品牌的代言，因为她有特点，她的外形、性格深得人们喜爱。这就是娱乐产业，我们需要偶像，跟需要好演员、好歌手是不矛盾的，市场很大，不是你死我活，是各自有一片园地。

明星啊，偶像啊，总喜欢“突破”自己，但我觉得，偶像其实不需要突破的，大家喜欢的就是你这样，阿兰·德龙到五六十，不还是走美男路线吗？

记者：和其他几个超女相比，李宇春最有个性，但包装上也最有风险。

郝燕：是的，不确定因素太多了。她的脑子得十分清楚，什么样的公司才是理解她的，了解她的，哪些事情可以做，哪些事情不可以做。

记者：一个21岁的小姑娘能那么清醒那么理智吗？她们现在肯定发晕了。

郝燕：娱乐圈的名利场，是人没有不晕的，当初参加超女，她们绝对想不到今天会那么红，心里肯定波动。一家好的经纪公司，除了要经营好她，还要能调整她的心态。我想你们可以看一看章子怡，也非常年轻，但是她清醒而理智，还很要强，她非常知道自己要做什么，并为这个目标非常刻苦地去奋斗。她推掉了很多本子，只接自己认为有价值的电影，以前也是自己亲戚做经纪人，当发现她的天空可以更大，马上就选择新的合作伙伴。不能小看我们的年轻人，晕是晕的，很快个人的教养素质就会在晕的时候起作用了。

记者：之前看过报道，好几个超女的父母都表示，自己都是普通的老百姓，难以胜任明星爸妈的角色，也不懂怎么帮女儿打理“明星事务”。

郝燕：李宇春日后会怎么样，就看她现在的领路人是谁，够不够专业，有没有想像力了。

还有一点很重要，李宇春她们应该想想清楚，自己真的想当明星吗？参加歌唱比赛是一回事，当明星是另外一回事，她们要知道，一旦进入这个圈子，就是百分之百的人生了。像我这样，从事这个行业很久，对这个行业有期待，看到素质这样好的女孩子，当然希望她能更加努力，成为一个真正的偶像，但是反过来，对她而言，她并没有义务来牺牲自己做中国娱乐产业的旗帜，除非她愿意，她希望，她对要面对的辛苦，要给家人和自己带来的压力有充分心理准备，因为这是她自己的人生。其实我想，假如李宇春现在找个公司上班去了，只要她自己开心，别人没有权利非议。

记者：你注意到了么，上一届张含韵现在已经很有“明星腔”了，我的意思是，她现在说话表情，特别注意，一套套的，老练圆滑，不痛不痒。管自己也不叫“我”了，而是像有些明星那样直呼“己”名，这是“明星化”必然的过程吗？可这样不是有点傻吗？大家喜欢的就是她纯真的少女形象，要是变得老练圆滑，粉丝会不喜欢的吧？

郝燕：进了这个圈子，肯定会有些变化的，问题是你怎么变，很多人都以为明星就是那样的，得那样说话，那样穿衣服，其实明星是没有样子的。葛优，多大的腕，还怕坐飞机的非常低调甚至有点害羞；王菲说不工作就可以休息一大段时间。我认识许多明星，也会去街头排档吃饭，去理三块钱的头发，不上镜头时候绝不化妆……假如谁以为艺人一定要端港台腔说话，出门带上七八个人，那只能说他自己想成为这样的艺人。娱乐圈和任何圈子一样，有虚荣的注重表面的人，也有朴实的，生活简单的人。刚刚成名的人选择什么，其实有很多原因，有内心的，也有机遇，看他进入圈子看到的是什么榜样，给他什么样的影响。要是李宇春也这样庸俗的“明星化”，她的个性，市场卖点就没有了。

记者：超女们最好的结局是什么？最糟糕的结局又是什么？

郝燕：最理想的，当然是既能做自己，又能挣钱，成为一个真正的super star,有健康积极的人生，同时也成为中国自己的娱乐偶像，树一面旗帜。最糟糕的，就是在下一届超女开始之前，她们已经被淡忘了，而她们还像那些过气明星一样，利用中国“地大物博”的特点，顶着超女的头衔，一轮一轮地开演唱会，先是大城市，然后是二级城市，然后是县城，然后到夜总会，耗尽品牌和个人的所有价值。

冷看超女

无疑，《超级女声》是2005年一个最有意思的电视节目、公众话题、民主预演、社会学标本……不过，当我们以狗仔队精神，恨不得挖掘出那些姑娘们小半辈子所有犄角旮旯里的事情，当我们以大众文化的学者模样，试图解读这一现象背后的多重含义时，也别忘了来点冷眼旁观的脾气——它本身没什么问题，可就这么一档节目，引发了全民狂欢，这好像就有点问题了。

万人空巷，并不能说明它就是最好的娱乐

陆晔，复旦大学新闻学院教授

记者：学者们看"超女"，差不多都是从研究的角度看的。你呢？也是研究视角吗？有一搭没一搭的？

陆晔：是的，最早是站在专业角度用关注一个新节目的方式看，后来是周围看的人太多，我也凑热闹地看。但是从娱乐角度说，我个人不太喜欢这类节目。当然我不是典型的电视观众，喜欢或者不喜欢都没有意义，对收视率对流行文化都没有影响。

记者：为什么不喜欢呢？

陆晔：如果说超女的海选具有民主象征，我当然喜欢。但是，我具体在把它当一个娱乐节目看的时候，我会觉得有几点不喜欢。

首先，我不喜欢看到这么多女孩子为了上电视在大庭广众之下出丑，却不以为丑。我觉得有点悲哀。这些都是普通小女孩，她们不是公众人物，电视却是强势媒体，这里面本身就包含不平等。不管专家们学者们赋予海选多高的社会民主意义，或者赞美那么多年轻人敢于实践自己的梦想，是社会对每个人多么公平的表现。从我自己来说，我真的不觉得看那么多小女孩在电视屏幕上唱走调又被评委奚落有什么可以娱乐的。我觉得不舒服。

如果是个名人被折腾成这样我可能会觉得比较娱乐，因为公众人物，就是要付出代价供老百姓娱乐。但是"超女"不一样。尽管它确实为普通百姓提供了一夜成名的机会，但是海选的热闹里似乎缺少一些对人的基本尊重。也同时让人觉得社会提供给年轻人平等竞争的机会太少，弄得这么多人去指望"超女"。它是不是中国社会民主的预演是另外一回事，但是

作为一个单纯的娱乐节目它还不够那么好玩。

记者：海选是出丑，而到了后来的PK赛，又太煽情，主持人、评委、亲友团、现场观众……除了汪涵好点外，其他人都是一个腔调，温情脉脉，泪水涟涟，有时还有点矫情有点假，夸得不着边际 。

陆晔：是啊。有点跟《艺术人生》、《同一首歌》似的，少了点幽默感。

记者：你平时喜欢看什么娱乐节目?

陆晔：我娱乐不依赖电视。我觉得在电视以外，好玩的东西更多。最近我在看《达芬奇密码》，挺有意思的。电视剧嘛，美国的电视剧也看得不少，《白宫风云》、《南方公园》，都挺好看的。最近很流行的《绝望主妇》也想借来看看。

记者：一个好的娱乐节目有哪些元素?

陆晔：应该包含智慧、幽默、悬念，像好的侦探小说那样靠整个架构吸引你欲罢不能。要有语言的机智，有冲突。不仅是贫嘴，搞笑和耍宝。比如侯宝林的相声，很娱乐，但又是机智的娱乐。

记者：看起来"超女"还缺很多啊，除了节目的设计和操控有一定的智力设计，PK有一定的悬念外，在幽默、冲突、张力上都不够。

陆晔：超女是一个非常成功的商业个案。从这一点上讲，它对于整个中国电视产业来说是有非常重大的意义的。但是我不觉得从单纯娱乐的角度看它就足够好玩了。或者说，万人空巷看超女，并不说明它就是最好的娱乐，恰恰相反，是电视里好的娱乐太缺乏了。

记者：没错，综艺节目嘛，大家都上网看《康熙来了》；电视剧么，全是韩剧的天下。本来，电视应该是最发达的大众娱乐工具，而现在就像一个"本土娱乐沙漠"，而"超女"是一场少见的大雨，所以大家都出来欢快地淋一把。超女是国外一档节目的拷贝，搞得非常煽情，或者滥情。你不喜欢，可很多人港台的节目都在越来越辣，国外的真人秀节目也以刻薄，展示人性的恶为被卖点。你觉得，"温情"、"煽情"在中国的观众中特别有市场吗?比如《艺术人生》，虽然被批得很厉害，还是很多人看。

陆晔：市场应该是多元的。要有各种节目。煽情是一类，辣是另外一类，但是健康的节目市场上应该还有更多更多类。对于中国社会来说，从多年来的不娱乐到今天可以单纯娱乐，是非常大的进步。但是，单纯娱乐还不应该只是单一的娱乐，多元的娱乐是非常重要的。

附 《超女明星=电视泡沫明星》(节选)

文 王小峰 《三联生活周刊》主笔 《星期日新闻晨报》专栏作者

《超级女声》的梦想也许还在继续。但我认为,一码归一码,当这个节目结束后,《超级女声》现象也就结束了。理由如下:

我认为,海选的方式只适合一个电视节目形态,事实也恰恰证明了这一点。但是海选真的就能造出几个明星?我认为很难。考察一个人是否能成为歌手,不能单靠比赛,这里面有太多偶然和非竞争因素作怪,比如评委的喜恶、选手现场发挥、黑幕、投票作弊等等诸多因素搅合在一起,真正优秀的选手未必就能全部杀出重围。还有一个就是很多人都忽视的一点,这些选手基本上都是在演唱别人的歌曲,有一个参照,怎么唱都会唱好,甚至惟妙惟肖,听众、评委听的不就是一个逼真么。可是真正成为一个歌手,唱一首全新的歌曲,还会有这样的效果吗?那就不好说了。

当超女们从电视平台转向唱片市场平台,她是否会有一样的号召力，并且促动购买力?这也未必。我认为,首先要看这些人化蛹成蝶之后是否为市场所需,如果能填补几项国内空白,那还能飞几圈,如果就像安又琪那样混得半生不熟,那还不如洗洗睡。其次,电视节目和唱片市场是两种不同性质的消费平台,一个是带有半互动可参与基本属于免费消费形式,一个是该付费消费形式。一个最终胜利的超女在电视出现的次数可能比一个一流明星一年在电视上出现的次数还多,但是当她做了艺人之后,还有这么多的机会吗?

电视节目可以平民化,以平民姿态推出平民明星,好像就是邻家女子。可是,一旦她们走向职业艺人,就告别平民,公众就会与她有心理落差。公众热烈关注的诉求是平民化,您明星化了,那还有什么魅力?这种心理变化让那些做明星梦和发"超女财梦"的人必须面对风险,当公众的心理诉求没了,也就没市场了。

还有,比赛到最后,有特点的选手基本上都被挡在门外,留下来的大同小异,市场上真的需要这么多"笨蛋所见雷同"的歌手吗?当然不是,其实有一个蔡依林就够了。

我不否认,通过《超级女声》这样的电视节目形态能挖掘出个把歌星,但它绝对不是一个培养歌星的好方式,如果唱片业都盯着超女,结果肯定会做出一堆废铜烂铁。

海选的门槛和艺人的门槛不是一样的。

娱乐么，三十年河东，三十年河西

文　娜斯

离开美国的时候，正值本年度《美国偶像》歌唱秀进入十佳阶段。

抵达中国，则模仿《美国偶像》的《超女》节目，也正过海选。我家的电视死活调不出湖南卫视，但是号称“中国孔庆祥”的“红衣主教”黄薪的视频，风靡互联网，想逃避也难，我也就赶上了2005夏天的大众狂潮。

其实黄薪比孔庆祥唱歌功底好得多。

《美国偶像》最出名的还有那个“一把刀”评委英国人SIMON COWELL，好多人看这节目是冲着他那张不饶人的利嘴和玩世不恭的劲头，把歌手说哭了的，气得歌手冲他脸上泼水的，让女评委跟他吵架的时候都有。而他总是一丝坏笑着。

“超女”的评委要温和得多。英文媒体议论到“超女”，就注意到这个现象，想知道没有好玩的SIMON COWELL，这个节目还有那么好玩吗？

不同的还有，《美国偶像》最后要选十男十女进决赛，冠军结果有男有女，“超女”只有小女生。

我很自然地比较着这两个节目，所谓“全球化”与“本土化”的典型案例。

虽然有很多不同，但是有一个有意思的共同点，就是这两个节目都是在第二年更火爆起来，而更多大众参与之后，评选出来的“偶像”都不是造星公司通常的选择。

比如《美国偶像》的第二届冠军是个超重大黑胖子，第三届冠军FANTASIA BARRINO是高中就生了一个孩子的黑人单身妈妈，长得也不漂亮。今年冠军差点是个不修边幅，同时也长得特丑的摇滚歌手。这三个人共同的特点是：唱得的确好。所以证明在美国，虽然被包装的明星如小甜甜可以大行其道，但是真正的好嗓子是有市场的，而且群众的眼睛是雪亮的。

我得直言，“超女”普遍的演唱水平，要比《美国偶像》上的选手差太多。但是“超女”的结果，同样颠覆了唱片公司对女歌星的某些定势选择。李宇春、周笔畅的受欢迎，虽然在比赛过半时已经能看出她们的冠军相，却是恐怕任何唱片公司在比赛之前难以想像的。去年还是典型的小甜甜，今年怎么就成了酷酷的中性女？

当然，中性女在我们的文化中也不是什么新鲜事。过去多少粉丝，为越剧里女扮男装的贾宝玉痴迷。大美女林青霞，也因“东方不败”的另类扮相而达到演艺生涯新境界。而传统京剧，昆曲中的小生，要用现代的眼光来看，整个就是一个男女混合体。

这里我要讨论的倒还不是今天以为新鲜的事其实也没那么新鲜，我要说的是，大众自己选出来的明星，为什么跟完全包装出来的明星相比，在今天的流行文化形势下更有些另类的味道。

已经有好多人对“超女”现象的上纲上线了，让我非得贡献说法，那就是现代商业机器流水线制造出来的人，太完美、太光鲜太不真实，普通老百姓向这巨大机器发起了一点反叛运动，虽然，就是这运动本身，也是那巨大机器掀起来的。

明星个个瘦身吗？《美国偶像》就选出了一个可爱的大胖子。明星个个俊男美女吗？《美国偶像》就选出了一个反美女，更不要提那个好笑的小丑孔庆祥。女明星个个发嗲，裙摆飘飘吗？“超女”就选出了一个着长裤的潇洒的李宇春，虽然她唱得不算好，跳得更是很笨拙。（我冒着得罪所有“玉米”的风险啊！）可是既然周迅、赵薇都能一张张唱片地出，她为什么不能呢？而她不是比她们更有天生明星相吗，更纯净吗？

其实这不是独立现象。“超女”是第一个移植中国本土成功的“真人秀”节目。流行欧美已经几年的电视“真人秀”，也可以说是对好莱坞影视精良制作系统的一种反动。永远是招人笑的情景喜剧，永远是精心构思的正剧，永远是让你挑不出毛病但又感到厌倦的一些套路。

先是青少年频道 MTV 做了一个从观众中招人，把一群年轻人弄一大屋子里一块住，摄像机一天到晚跟着拍，总会闹出点故事来，而且是无法预料的，有些粗糙的。这个叫做《真实世界》的节目在上世纪九十年代早期就在校园中很流行，只不过还是青少年亚文化，没有进主流电视台就是了。然后是荷兰的《老大哥》节目，从《真实世界》更发展一步，让一群人与外界隔绝，每周让观众 PK 掉一位选手，最后留在屋中的人就是大赢家。

《老大哥》的风行掀起了真人秀狂潮。紧接其后的是把一堆人扔荒岛的《幸存者》；一个单身汉或单身女在 25 位候选人中挑中一意中人在电视上求婚的《单身汉》《单身女》；地产大亨特朗普在一群职业男男女女中 PK 选手（PK 名言：你被解雇了！）……五花八门，不一而足。

结果是，一时间，普通人三下五除二，一夜就成了明星，八卦杂志上多了他们的身影，脱口秀上有他们的出场，走到大街上有粉丝追捧。

试想电视最流行节目是海选出一堆男女来半真半假做自己，在镜头前演绎一个半由制作人操纵半由自己操纵的节目，那职业演员干吗去啊？！

好在，所有的热潮都有退潮的时候。当所有电视台跟风做真人秀，想出的点子甚至有让过气明星在荒岛游戏中做自己，或者招一群女人让他们跟一个假百万富翁谈恋爱，最后看真相大白时她们的反应这类节目出现时，我们就知道，真人秀也失去了新灵感。正好一向在电视剧上比不上其他两大台的ABC电视，天知道是蓄谋已久还是误打误撞，不鸣则已，一鸣惊人，去年推出两档电视强剧《绝望主妇》和《迷失荒岛》（《迷失荒岛》不免让人想到受真人秀《幸存者》的启发，一出台就成了观众新宠。加上福克斯电视的《24小时》，CBS 的探案剧《CSI》，一下子，精心编剧的电视剧卷土重来，收复失地，职业编剧和演员们又有活干了，不用说有活干，《绝望主妇》还把几个四十多岁的女演员推成当今美国最火的话题女星，更是让人信心倍增！

所以，这个世界，总是三十年河东三十年河西，事实上，这世界变化快，根本用不了三十年，三年就差不多了。

结论：一，西方不亮东方亮，想必超女代表着真人秀在中国真正的开端。难得在其他领域有“海选”和投票体验的中国电视民众，显露出比美国观众更大的热情。观众 PK 选手这个环节，也许是最吸引中国观众的环节。二，好莱坞就是在否定之否定中勇往直前，真人秀丰富了好莱坞电视娱乐，但是精心制作的虚构剧也不会灭亡。好莱坞式的为人民服务。

观众喜欢流行偶像，是一种正常的需求

曹景行　凤凰卫视著名时事评论员

记者：你是什么时候看“超级女声”的？

曹景行：从“10进7”,“7进5”开始看的。

记者：是从一个分析、研究的角度看么？

曹景行：是的，主要是作为一个大众文化现象来看的，我想知道它到底是个什么样的节目，为什么这么红。

记者：你觉得好看吗？

曹景行：挺有意思。

记者：那你看出了哪些意思？

曹景行：如果说孔庆祥这个“美国偶像”是反偶像的话，那么“超级女声”就是选手和“选民”(也就是观众)共同参与制造的“偶像”。

记者：在海选中选手的快感在于表现欲得到了满足；那么，对广大“选民”来说，他们的乐趣在哪里？为什么有如此热情的追捧呢？

曹景行：是参与的、互动的热情。以前内地的偶像，大多数都是由影视圈和娱乐产业“制造”的，然后推销给大众，总体上大众是被动接受一个偶像的。而像“超级女声》”这样的节目，从海选开始，就用投票的形式，把偶像制造的权利给了"选民"，选民是根据自己的喜好，亲自"制造"了自己最爱的偶像。

记者：这是否就像前阵子很红的“网络歌手”，他们不是通过唱片公司包装出来的，而是在网络上自发的"海选"出来的？

曹景行：有些相似，但有一个很大的区别，“超级女声”不是自发的群体行为，背后是一个非常商业的策划和运作。它本质上是一个新的商业模式，用来吸引观众的眼球和广告市场。

记者：那么，制作方主要设计了哪些技巧和策略，去推动和控制“海选”，成功地煽动了“选民”呢？

曹景行：首先，它抓住了参赛者和支持者，观众的互动，用"进取"为一种动力，挑起了大家的情绪，从而形成了"追看"。其次，从海选开始，“超级女声”从参赛者的容貌、歌声，到节目本身一直有很多话题和争议，越有争议，就越成功。

记者：“海选”好看，是因为有各种各样的人，他们这档节目制造了很多笑料，很多卖点，尽管这种笑声更多的是一种讥笑。嘲笑取乐，是否是一种普遍的观众心理？下一届“超女”的“海选”时，黄薪之类的“丑角”是否会被放大，成为供大家取笑恶损的“丑角明星”？

曹景行：香港现在有个节目很火，叫《残酷一叮》，也是鼓动大家报名唱歌，如果觉得选手唱得不好，"叮"的一声敲打下铜锣，把选手"轰"下去。我记得，好像唱一秒钟是三千港币，有些人还没唱完一句，就"叮"下去了。这个节目就不是看谁唱得好，而是看别人怎么出丑，怎么被毫不体面地淘汰出局。相比之下，内地的海选比较"善良"、温情，没有那么刻薄。

记者：如果当节目制作方意识到海选中的"丑角"非但不会影响节目的形象，反而会增加收视率的时候，你觉得明年的《超级女声》会开始以此为卖点吗？

曹景行：我觉得，目前国内可能还不能接受，而且舆论也没有那样的宽容度。

记者：曹老师喜欢看《残酷一叮》吗？

曹景行：不太喜欢，过分了一点。不过现在港台的电视环境就是这样，越来越"辣"，喜欢看人出丑。

记者：你说过，中国内地目前缺的是好的大众通俗节目，那么你觉得《超级女声》是一档好的通俗节目吗？

曹景行：基本上，我是肯定的，观众喜欢流行偶像、流行歌曲，没什么不好，是一种正常的需求，而且大家也不是以"以残酷为乐"的心情来看的。

记者：对那些一夜成名的"超女"会有点残酷吗？现在她们怀着展现自我，实现梦想的心情一路走来，当她们日后发现，成名并没有今天以为的那么轻松美好，那么说得严重点，她们是否是这档商业上极为成功的节目的"泡沫"？

曹景行：现在这个节目给了她们很高的期许，但的确，除了她们本人，家庭、电视台和签约公司应该帮助她们保持清醒，让她们想清楚为什么来唱歌，接下来可能会怎样，减少将来可能发生的失落和逆转。

女孩总是把别的女孩当作镜像，而男人总是把另一个男人当作对手

这一次的狂欢，比几年前的足球更火爆。原因不在于唱歌比足球对大众更有吸引力，而是参与的过程出现了改变——足球始终是一场旁观的娱乐，最后结果仍然需要运动员的技术，裁判的水准和幕后的公正性来决定；而“超女”却是一场参与的游戏，经由你手机发出去的选择，可以决定她们的去留，再加上网络平台上所谓的内幕、流言、绯闻、攻击，成功地激发起了公众投入的热情——要是足球比赛的结果也能由短信决定，中国的球市没准就不会像现在这般萎靡了。

就像朱大可说的，“流行文化是民众自身欲望投射的结果流，观察各个社会分层的流行文化，就能辨认出每个社群和阶层的心灵特征”，那么从这一场盛大的狂欢中，我们又读出了大众的哪些心意呢？

朱大可 著名文化批评家，学者，小说及随笔作家，崛起于 20 世纪 80 年代中期，曾是当时先锋文化的重要代言人。目前主要从事中国文化研究与批评。其著述有《燃烧的迷津》和《聒噪的时代》等。

记者：除了超女和足球，你经历过，或者知道哪些“盛大的狂欢”？

朱大可：就娱乐圈而言，近年来爆发的大规模狂欢，还应当包括出现在互联网上的木子美事件、竹影青瞳事件、芙蓉姐姐事件等等。流行文化是民众自身欲望投射的结果，观察各个社会分层的流行文化，就能辨认出每个社群和阶层的心灵特征。

记者：当年的足球激起了男性的激情，而“超女”是女人的全情投入。让男人和女人激动的事儿有哪些不一样吗？

朱大可：男人追求的是暴力和酒神的狂欢，其中包含着速度和力量的角逐，而女人则更倾向于容貌、身姿和情感的表达。有一则笑话大概可以区别这两种性别文化，说是假如你要区别苍蝇的性别，只要看它们停在哪里。停在足球上的是公的，而停在镜子上的则一定是母的。

记者：如果“超女”是放在中国的香港、台湾地区或者日本、韩国举办，你觉得会那么火吗？

朱大可：我想会很热闹，但不至于到“超女”这等程度。

记者：有人说，“超女”这么火，是因为平时的电视节目实在太难看了。电视的“娱乐沙漠”上来了这么一场暴风雨，你觉得呢？

朱大可：中国电视是一个非常庞大的体系。频道多如牛毛，耗费过多的资源，但同质性过高，通常是十几个台同时播放同一个节目，严重缺乏个性，更不用说原创性了。“超女”尽管克隆了西方电视节目，却在中国本土制造了新鲜效应。大规模的手机民选，更是制造出集体狂欢效应。这是超女饱受欢迎的主要原因之一。

记者：你说，这是一次以中学和大学女生为主的“虫虫总动员”，这个说法挺有意思。这次那么猛烈，是因为这些女孩的偶像崇拜压抑太久了么？我记得上一次的狂热，还是几年前，“小燕子”走红的时候，当时也引起过“新兴女孩”的讨论来着。

朱大可：小女孩的偶像崇拜从来就没有中断过，但直接参与的互动式偶像制造运动，却非常罕见。想想看吧，你的一大堆短信可能影响到决赛的结局，这是多么令人刺激的事情！“超女”收视率暴涨的关键，就在于此。

记者：奇怪，为什么女孩总是会崇拜女孩，而同龄的少男却不会迷恋同性偶像呢？

朱大可：这是性别逻辑的差异。女孩通常把别的女孩当作自己的镜像，而男人总是把另一个男人当作自己的对手。

记者：你觉得超女狂热是女生的亚文化，还是一种主流的老百姓文化？

朱大可：当然是一种亚文化，因为它的受众具有明显的年龄和性别特点，但它不是那种自闭型的亚文化，它是高度开放的，对其他亚文化群体具有强大的传染力。

记者：你说这是一场商业和民意的“邂逅”，那么你从中看出了哪些民意？他们要什么？偶像，文艺，需要娱乐，和娱乐伴生的流言、八卦、“斗争”？

朱大可：她们最需要的是自行制造偶像的权利。这已经不是一般意义的娱乐，而是一种“娱乐政治学”的大规模操练，其间折射出了许多值得探究的意识形态元素。

记者：哪些东西是大众永远需要的东西？

朱大可：不费脑子就能够轻松消费的娱乐产品。

记者：《超级女声》是一档商业设计上比较成熟和完善的“真人秀”节目，你觉得诸如分赛区，PK，N进N的淘汰赛，短信票选这些环节的设计，和推动观众的热度，有着怎样的联系？

朱大可：这些设计的关键在于改变了观众的“旁观”传统，而把他们拖进了程序之中。这是从观望式娱乐到参与式娱乐的重大转型，是电视娱乐方式的自我进化。

记者：从这个节目看，当摸准了“民意”的时候，大众的情绪是否是可以设计，引导，操控的？

朱大可：当然，任何机构都有操纵民意的可能。在某种意义上，民众天生就是被操纵的。合理的程序设计的目的，只是要避免仅仅被某种单一势力所操纵。

记者：票选过程中，出现了很多有意思的现场，粉丝为了自己偶像的票数，相互诋毁、谩骂、攻击，表现出很强的排他性和非理性。你怎么看这些“人性”？当有竞争，有排名的时候，这是一种普遍的“人性”吗？如果这种票选中出现的心理和行为“溢出”游戏和娱乐的范围之外，你怎么看呢？

朱大可：这很正常啊，这就是你所说的普遍的“人性”啊。全世界都一样。在其他领域，比如政治竞争和经济市场，这个原则也同样适用。排他性是目标选择的结果。你选定了一个对象，当然就要放弃和排斥其他对象。这完全符合物竞天择的生物学原理。

记者：最后一场决赛，据说，主办方根本不敢设置评委和大众评审团，全部交给短信决定。如果当晚冠军不是李宇春，你觉得会出现什么样的场面？某种程度上，粉丝的“死忠”是不是也是一种“愚忠”？为什么会出现这样的心理？哪些人容易有这样的心理？当一种拥戴的民间力量足够大的时候，它会不会因为没有挑战和约束，变得可怕？

朱大可：主办方放弃评委和大众评审团，是为了尊重市场民意。这显然是市场逻辑的胜利。市场的本质就是争取最大数量的消费者。一个产品与其让专家鉴定，不如让消费者用金钱来投票。有人说这是“多数人的暴政”，我倒觉得这恰恰是“多数人的善政”。你说的“愚忠”现象，我却更倾向于把它当作游戏博弈的结果。当你在赛马中下注后，当然希望自己选中的马跑出头奖。这完全符合游戏的逻辑啊。一个健康的宪政社会，一定是按多数人意志运转的社会，只要它符合民主理性的管理程序。这非但不可怕，相反，它应当是中国社会改造的正确目标。

记者："超女"已经结束了全民狂欢，进入了针对某一特定消费市场的娱乐产业阶段。作为2005年度最值得关注的大众文化热点，它意味着什么？

朱大可：一切流行事物都是速朽的，但人性是不变的，它总是在不断寻找新的欲望投射物，寻找新的方式、偶像和商品。但所有速朽事物的总和，构成了大众的集体意志。在经历了漫长的"高雅主义"的统治之后，我们应该学会认真倾听大众的心声。

六万人的勇气

文 顾筝 沈聪 《新闻晨报》记者

稳重,含蓄,内敛,不爱在人前表现。这恐怕是我们中大多数人所抱持的信条,也是我们所固守的美德。

只是当我们这样以为的时候,还没有看到 2004 年两大音乐选秀大赛的盛况。

“超级女声”,一个大型音乐选秀活动,其参赛人数之多令主办方也措手不及。节目总导演王平说:“我们在第一个赛区的时候没想到会有那么多人。”四个赛区,成都、南京、武汉、长沙,共有接近五万的人来报名参加,这样的数字,确实让人始料不及。

这是一张非常容易拿到的入场券,不分唱法、不论外形、不问地域,想唱就唱,于是 8 岁的来了,89 岁的也来了,五音不全的来了,长相“抱歉”的也来了……所以你在 2004 年 5 月的某个下午起,在电视上常常能够看到这个最原生态的歌唱比赛:在一间蓝色幕布的小房间里,再普通不过的参赛选手们报上自己的编号,开始清唱。这里“普通”的意思是就像你就像我,就像在路上可以随时擦肩的一个女生,她们不加修饰,或许还能看到额头的那颗青春痘,衣服也普通得或许和你在七浦路讨价还价买来的一样,歌声更是不敢恭维,你觉得自己这个跑调大王还比她好些。但是她们站在了镜头面前,给无数观众看她们的表现,短短的30秒,伴随着的可能还有评委的冷嘲热讽。

于是更佩服她们的勇气。

一路伴随“超级女声”的王平说:“和你一样,我也想不通为什么会有那么多人会来参加比赛。后来据我们了解,很多人参赛并没有拿奖这个功利的目的,她们只是想证明自己,只是希望自己能够勇敢地站到镜头前。”原来她们不是在和任何人作战,只是要和自己比一比。挑战自己,已经成了这个比赛给很多人的犒赏。

在“超级女声”进行的同时,另一个活动“莱卡我型我 SHOW”也在如火如荼地进行,用“今日的超级偶像,明日的环球巨星”来作为宣传口号,在四个赛区共吸引了一万名左右的年轻人来参加。出于公司选择偶像歌手进行培养的考虑,活动在年龄上设了限制:16–25 岁,除此之外,再无“门槛”。而这一点,恐怕是活动获得广泛支持的最重要原因。

活动主办方的说法是:"每个人都有梦想,我们希望提供这样一个舞台给大家展示自己。"舞台并不是那么高不可攀的,只要你有勇气,就能登上,于是我们可以看到跑调跑到九霄云外的选手对着谭咏麟非常真诚地说:“谭大哥,我觉得自己唱得还不错啊。”也可以看到已经被评委“无情”淘汰的选手换了一件衣服再次上场,还可以看到评委们都已经无法忍受到躲出去了,而选手还在那里自我陶醉……网上流传着“莱卡我型我SHOW”中的一些搞笑片断,只能说,他们

的勇气太可嘉了。

“莱卡我型我SHOW”只评一个冠军，几率太小，并不是所有人都冲着这个冠军来的，“来参加比赛的人有的只是来玩一玩，有的是为了看明星，有的是要完成一个梦想”（主办方语）。不管怎么样，他们都来了，面对电视，面对苛刻的评委，秀出自己。

两个赛事加起来，报名人数共6万左右。对于一个泱泱大国，这样的数字或许并不能说明什么。但我们有理由相信，这个数字会被不断刷新，我们的沉默会逐渐打破。毕竟，曾有6万个不甘沉寂的声音，向世人呐喊出自己的追求；曾有6万颗不怕嘲讽的心灵，向我们勇敢地袒露了自己。对于他们个人，这或许只是人生旅程里的小小插曲；但对于我们，对于仍在保持沉默的大多数，这终将成为难以淡忘的动人乐章。

海选，一夜成名的集体癫狂

沈聪　《新闻晨报》记者

她在人海中等待，真幸运，只晒了三小时的太阳就能“想唱就唱”，不枉费逃课来一场。也许是因为站得太久，也许是因为太紧张，当三位老在电视里看见的评委真坐到面前的时候，她竟忘记了事先预演过八遍的那个微笑，惶恐得只想“快进”这人生里宝贵的30秒。

他在焦急中期盼，一边计算着赶回单位所需的时间。作为一名消防队员，他本应寸步不离自己的岗位；然而，在这里，他只是一个满怀憧憬的年轻人，与身边那些因拥挤而浮现不快的脸孔并无不同。“要是哪里出了事儿，我就直接杀到火场去！”他暗暗想着。

她，他，他们……

他们的面目已渐渐模糊，淹没在漫无边际的人潮里。在这里，不再有鲜活的生命个体，所有灵魂都如此惊人地整齐划一

——童年玩过什么游戏？爱看歌剧还是电影？与友人分享过怎样的甜蜜？都已化作千篇一律的报名数据，只余下美丽却单一的幻想，只余下相互感染的狂热。在隔天报纸的版面里，他们只是那没有姓名的几千几万分之一。

“每个人都有机会成名30秒”，这是何等庄严而美妙的宣言！感谢“超级女声”，要不是它，我们真的不知道，就在这片宁静的土地上，就在这波澜不惊的生活里，一夜成名的渴望已悄无声息地拥有了如此庞大的温床。

办公室里，人们饶有兴味地讨论昨天谁谁谁又被评委骂得狗血喷头；论坛里，为了各自拥护的"超女"，"玉米"与"凉粉"在争执、攻击甚至恶言相向；BT网站里，“超级女声”作为高点击率的关键词被放置在最显眼不过的位置。有人恐吓评委，有人拔枪插队，有人沿街兜售手机卡，有人包机组团去给"偶像"呐喊助威……

海选，这个带点儿草莽气息的口号，身披率真而魅惑的双重外衣，仿佛一夜之间敲开人们沉寂已久的心扉。北京、上海、广州、杭州、长沙、成都……每一座城市都弥漫着癫狂的味道。

——我就是来玩玩的。

——等我女儿成了大明星之后，整天戴墨镜的确是不大方便。

——谭老师，我唱得这么好，你说我唱得不行？你太让我失望了！

——再敢在电视上乱说话，后果自负！

——对不起，我忍不住哭了，我真的很感动。

——某某某，我们都爱你！

参赛者癫狂着，等待了这么久，终于有了证明自己、表现自己的机会。

看客们癫狂着，腻烦了一本正经的说教节目，能看着这么多人在电视上当众出丑，真是过瘾。

FANS 们癫狂着，能够亲历一场轰轰烈烈的造星运动，一手将平凡百姓送上偶像的宝座，将是何等快意！

当谎言重复千遍，人们便不再怀疑。

所谓的想唱就唱，却换来评委的无情冷语，全不见主办方当初标榜的“民主权利”。

所谓的释放个性，却只见张含韵小小年纪说着官样字句，惟恐少点了哪位"老师"的大名——至于真正的“个性”，却归于“红衣主教”之流的另类诠释。

所谓的一夜成名，且不谈黑幕问题，单凭几个过气歌手、音乐人的评判，外加观众投票，就能挑选出真正的明星？“连张含韵这样的都能出名，我们为什么不可以？”当后来的参赛者们以这样的信念来激励自己，海选造星已注定沦为一幕悲剧。不难想像，当下一个李含韵、王含韵出现的时候，现在的风光者将何去何从，她又会怎样面对人生里的这场扑朔迷离？

红了一个“超级女声”，便又有了“我型我秀”、“梦想中国”、“星空舞状元”……在这场被美其名曰“以大众娱乐大众”的商业秀里，参与者的梦想被虚幻地满足，观众的审丑心理换来令人咋舌的收视率，似乎没有人是输家。只是不知，当表面的繁荣逝去，当一个个明星梦破灭，当人们对这一切审美疲劳，除了已赚得盆满钵满的商家和电视台，还有谁，可以笑到最后。

“超女”：新文化形态“实弹”演习

许莽　《新闻晨报》首席记者

秋天的脚步已经不远，但对这个夏天，我们却依然如此眷恋。我们无法从记忆里删除那一次次周末的狂欢，这些片断伴随着“超女”们各具特色的歌声、青春的背影以及流泪的表情，逐渐在我们心头扎根、滋长、蔓延……

四个月之前，现在的一切似乎都是难以想像的。可以肯定，即便是再高明的预言家也无法断言一个普通的歌唱比赛将最终演变成一场全社会的娱乐风暴。这场风暴裹挟了太多的商业和文化元素，以看起来不合逻辑的态势吹乱了每个人的头发，继而，又以不容抗拒的力量左右了每个人的心情。

然而，它的成功又好像是一种必然。对当前商业市场趋势的准确预判和精确拿捏促成了“超女”风暴的形成和不断壮大，而正是凭借这一超前的商业经济理念，再辅以富有弹性的操作手法以及包装思路，“超女”与市场卖点之间形成了完美的对接。这样的拥抱是如此妥帖而热烈，以至于我们甚至怀疑，究竟是市场成就了“超女”，还是“超女”开辟了市场。而毋庸置疑的是，作为主办方的湖南卫视和天娱传媒在这个庞大的、充满无限可能的市场上切到了最大的一块蛋糕。事实上，他们几乎没有给其他对手留下任何东西，除了艳羡和嫉妒。

对于他们，我认为，已然不存在批判和质疑的必要——所谓“黑幕”，显然是针对比赛而言的，但既然“超女”早就演变为一场场不是比赛的比赛，演变为一幕幕群体性的派对，既然大多数人都从中收获了快乐、感动或者刺激，又有什么值得刨根问底的呢？即使的确存在“黑幕”，“超女”也早已在“黑幕”被揭开之前舔干了手指上最后一滴香滑的奶油。他们志得意满地留在了PK台上，他们赢了。他们为这个市场上未来的追随者和借鉴者进行了一次专家级的示范演唱，而作为旁观者或参与者的我们，则经历了一场新型社会文化形态的“实弹”演习。

在这场演习中，整个社会的宽容度和自由度得到了相当程度的提升。尽管，以商业模式为主要载体的文化潮流与传统价值观念之间的PK至今仍在进行并将延续下去。

这恰恰有点类似张靓颖和李宇春之间的差异。在我看来，重视唱功的"凉粉"代表了传统的审美标准，而崇尚个性的“玉米”则代表了新潮的价值取向。前者认为，所谓优美和优秀总需要有一个基本的、公认的准则来匡范；后者却觉得，在如今的时代，展现独一无二的自己才能够真正活出精彩。而正因为这两种观念的不断交锋和碰撞，同时又势均力敌，“超女”获取了无穷无尽的话题，变成烦闷夏季里的一道"鸳鸯火锅"。吃辣的，不吃辣的，还有辣不辣都可以接受的，齐齐汇聚在“超女”的聚光灯下，将自己的喜怒哀乐尽情释放。

也许，我们未来的社会价值标准会因此悄然改变，变得更加宽容，也更能顺应时代的需要。

如果是这样,那么,请让我们记住“超女”这块里程碑。

最后,套用并稍稍改动前几年的一句流行语作为结语:也许我不喜欢你的声音,但我誓死捍卫你歌唱的权利。

“超女”：“感冒”还是“革命”

李建中 《新闻晨报》文艺部副主任

轰轰烈烈的“2005超女热”昨天拉下了帷幕。不过，围绕着这个节目的争论还将延续。

抛开比赛中小女子们的恩怨情仇，从宏观的角度来看，今后的争论无疑将汇聚在一个焦点上：“超女”究竟是21世纪初期，中国人一次集体无意识的"流行感冒"呢，还是一次有所斩获的“娱乐革命”？

实际上，对“感冒还是革命”这个问题的回答将直接取决于我们的行动。套用米卢的一句话，叫做——“态度决定一切”。倘若你将“超女”当作一次消遣，那么它就只是消遣；但如果你重视“超女”反映出的社会现象，那么你就会明察喧嚣背后的积极意义。

回答“超女”为何影响深远，我想首先应该归功于“超女”的“创意”。“超级女声”的创意是直接“拷贝”自美国的娱乐节目《美国偶像》，这是“拿来主义”。但是“超女”的成功，很大程度在于“本土化”，这包括：废除年龄门槛，提出“想唱就唱”；将短信投票和PK淘汰联系起来，加强与观众的互动性等。从2004年的门庭冷落，到如今的热火，湖南卫视始终在根据市场反馈调整"创意"，这也就是鲁迅说的"运用脑髓，放出眼光，自己来拿"的过程。相形之下，国内许多行业，虽然热衷“拿来”，但往往是看到西方诞生一个新概念就欣喜若狂，就没了“主意”。他们所谓的“创意移植”，并没有领会市场运作规律之复杂。

其次是“超女”所掀起的“民意狂潮”。个人不赞同把"民意"拔高到无限。不过，即便赤裸裸从商人视角看，比赛过程中数以千万元计的短信收入却是惊人的。这很像《英雄》上映后的票房对国内电影人造成的震慑——民众潜在的消费力量和消费欲望都是有的，缺乏的只是一个将潜在的购买力引向市场的渠道。接下来看整个社会，我们应该思考一个更为深远的话题：多年来我们表面上虽然号称“观众是上帝”，但是实际上我们做到了吗？无论我们的影视节目制作也好，市场营销也好，文化推广也好，是否仍然迷信着“老百姓只不过是讯息的被动接受者”这一“魔弹论”呢？是否真正考虑到老百姓需要看什么，听什么呢？是否真正将“点菜”的权柄交到了百姓的手中呢？

再次是“超女”的“传播方式”。客观地看，“超女”的升温并不是大众传播媒体的功劳，而是新媒体的产物。应该看到，经历了几年的低潮，互联网最近两年正在逐渐恢复生命力。“超女”的传播是网络传播在先，然后逐渐渗透到了大众媒体，接着又与他们互动，其积累效应如同滚雪球。而且，除了传统的BBS外，像MSN、BLOG、新闻组、电子圈等网络交流的新形态逐渐增多，使得"网络传播"的途径越来越复杂。否则，光从传统的方式上看，我们是很难理解“XX姐姐”之类人物是如何在没有任何新闻报道的情况下一夜间成了焦点话题的。看来，如何主动

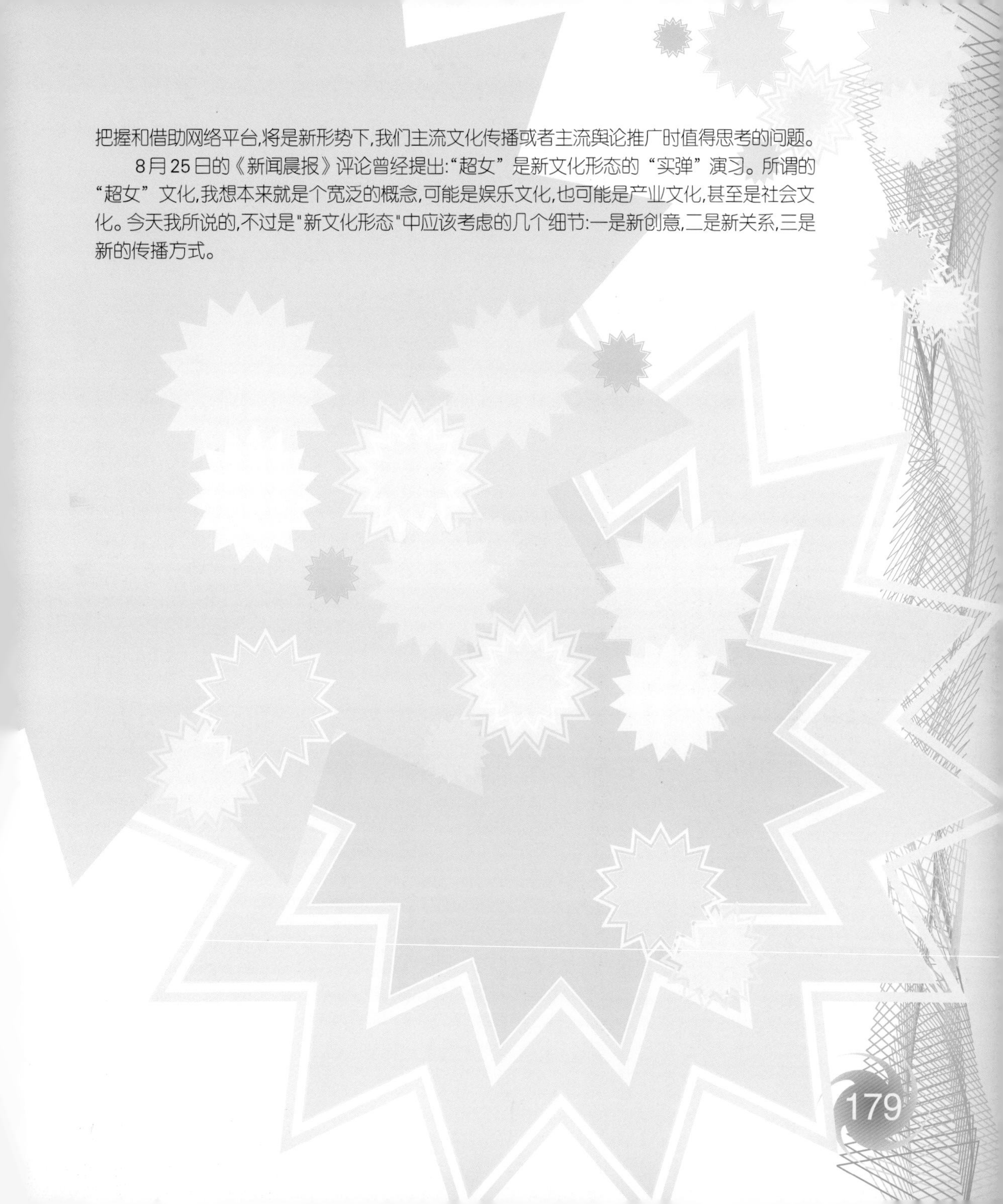

把握和借助网络平台,将是新形势下,我们主流文化传播或者主流舆论推广时值得思考的问题。

8月25日的《新闻晨报》评论曾经提出:“超女”是新文化形态的“实弹”演习。所谓的“超女”文化,我想本来就是个宽泛的概念,可能是娱乐文化,也可能是产业文化,甚至是社会文化。今天我所说的,不过是"新文化形态"中应该考虑的几个细节:一是新创意,二是新关系,三是新的传播方式。

海选节目，何去何从

悲观派

范伟达：很可能是昙花一现

■复旦大学社会学院教学委员会主任教授，解放日报社会调查中心特约顾问

这类节目和传统的节目有所不同的地方是：以前的评委中规中矩而这类节目的评委的言词犀利。因此观众就有新鲜感，在社会学里面有一个“戏剧”原理，说的是社会是一个大舞台，有台前和台后的角色之分。《超级女声》就是把这个台后的角色搬到了台前，所以就有很多人就被这样给吸引了。而且这样一类节目给了人们一个很好的放松娱乐的方式，适应现在这样一个高度紧张社会里面的放松，给人们一个解压的方式。人们放松方式有很多，就像卡拉OK一样，刚开始很火爆，现在也没有消失，已经变成为一个常态。观众永远是追求新鲜的，假如这类节目太多了，人们也许就不会太爱观看了，这类节目持续一个阶段就会有新的节目出现，观众的眼球也就被别的吸引。随着社会需求的改变，如果有一天人们不需要了，这样一类节目又没有随之创新，那么也不可能生存下去。这类节目的基础并不牢固，缺乏良好的理论基础并且文化储备不深厚。这只是在某种阶段的一种尝试，不可能走得太远太久。《超级女声》成功以后，很多地方电视台接着蜂拥而上，毕竟这样的节目只是刚开始的幼苗，这样没有创新的直接搬抄，很可能就是昙花一现。这样的节目要继续走下去要做到雅俗共赏，不能往俗气的方面去做。

臧彦彬：不会长久的做秀

■滚石中国事业常务副总

我觉得这是一个娱乐节目，是一个娱乐大众的形式。这个节目总体来是说是成功的，给我们以耳目一新的感觉，对于中国不同的文化层次是有存在的必要的。但这绝不是一种专业且有效的造星模式，这只是一种做秀，是电视台借助媒体的炒作。因为节目本身具有一定的人气，所以选出来的歌手也具有这样的人气。如果唱片公司靠这个来选取歌手，电视节目靠这个来吸引观众，是不可取的，是不会长久的。唱片公司更多的需要的是创作型的歌手。一般常规上来说我们发现歌手是通过歌手自荐，唱片公司做的一些活动，有意识地在艺校寻找或者请人推荐，在一些小型的PUB里面寻找那些驻唱的歌手。等找到合适的歌手以后我们一般要经过至少一到两年的培训时间，再根据歌手的个人素质和市场变化来发片。仅仅靠几个

评委在短暂的时间内对选手的歌唱作一个评价，是不够全面的。《超级女声》选出的歌手肯定不能和唱片公司的专业歌手相提并论，她们对于这样一个节目来说是适合的，但是在唱歌方面没有经过专业的训练，很可能是昙花一现。星有很多，有流星，有恒星，不排除歌手本身素质很高，很优秀，以后还会继续发展，但如果都是这样一海选结束没有经过培训马上发片，那么成功的几率不大。如果说这样一个节目就可以培养歌星，那么要唱片公司，要制作人做什么呢？

王晓京：我真的没有关注这个节目

■“女子十二乐坊”缔造者，被称为中国第一位音乐经纪人

我没有太关注这个节目，据我所知我周围的唱片公司也没有特别关注节目中的歌手。我之所以对这个节目有一定的了解，是因为他们比赛中的“红衣教主”。这是一个很搞笑的选手，我们反而会一起讨论一下，作为娱乐。至于节目的优胜者，我没怎么听过她们的演唱，所以没有办法给予太多的评论。但我想唱片公司签她们，很大程度上是看到这样一个节目出来的人，本身就有一种群众的造势在里面。我一直认为这只是一个娱乐节目，它的目的就是为了娱乐，很有可能电视台为了收视率，把本来大家都认为很有希望的选手筛选掉，让观众形成遗憾，或者让很没有希望的人入选。至于影响，我真的没有关注这个节目，也没有听到周围的业内人士评价这个节目里的歌手，所以也不清楚她们的实力到底如何。至于这是否创造了一种新的造星模式，我不好说，至少我周围没有唱片公司在关注那些获胜者们。

乐观派

侯裕峰：它在一两年内不会消失

■综艺节目导演，曾任《才富大考场》、《勇者胜》、《超级模特》等节目总监

海选节目火在它的参与人数多，普及率高，这种节目是谁的范围大谁就赢。它适应了现在的一种潮流，就像穿迷你裙的时代你穿裤子就不流行，观众并不知道自己想看什么，我们做什么他们就会看。像这样一种想成名的心理被利用，是一定有的。至于会不会火下去，我觉得“超级女声”在一两年内是不会消失的，一个节目至少有半年的寿命，它现在还没有到它最顶峰的时刻。节目还在不断的创新过程中的，和去年相比较，“超级女声”做得就比去年要大。只要不断地创新，它的节目就有存在下去的活力。它目前还有很多资源没有被利用到，等到资源都用尽了，也就到一个非常平稳的阶段，不会像今天这样火爆。像“超级女声”，它还有很多地方没有赛区去做，它的选手最后的签约究竟是和哪个唱片公司？发片的范围都是可以继续做下去的。像美国的“美国偶像”，它有多少资源可以利用？它可以随便请好莱坞的明星，国内有这样的资源吗？而“超级女声”也好，“莱卡我型我 SHOW”也好，都是

地方电视台在做。相比之下，“超级女声”就是比“莱卡我型我SHOW”做得要好，因为它的参赛区域更大，参赛的面更广——这就像商人的大饼，做得越大赚得也就越多。如果明年你看，肯定和今年又有不同。电视节目的发展，要么就是成为一种习惯，像《相约星期六》一样，无论它做得好不好，你到周六都会去看它；要么就会慢慢地趋于一种平稳。

袁方：最少还有3到5年的生命周期

■央视媒介研究公司，策略总监

“超级女声”在几年以前就开始火了，那个时候它还是在湖南的地面频道里面，从去年才开始从地面转到卫星频道上。任何一个节目都有它的生命周期，我觉得这个节目最少还有3到5年的生命周期，首先“超级女声”与其他这一类的节目相比较，它具有品牌效应，而且最早开始做，是中国的原创，占了先机，在人群中有一定号召力，具有动员能力。单纯的海选是不可取，也是不可能的。只要它能不断创新，把节目往深度里面做，发掘各个环节，比如选拔出来的歌手的出路等等。它还是能够持续下去的。它能不能持续下去，要看选秀本身的吸引力。像中央电视台的青年歌手大赛，做了这么多年还不是在做？关键是看它如何来创新。

与“美国偶像”，有什么不一样

多少人对海选趋之若鹜，殊不知“超级女声”的海选灵感正是源于“美国偶像”。不设门槛的平民选秀最早出现是在2001年《流行偶像》品牌，最先在英国ITV电视台播出，创下了最高收视率。2002年，《流行偶像》品牌把版权卖给美国福克斯公司，经过改编，福克斯推出了真人秀电视节目“美国偶像”，首播两个小时就吸引近270万名观众，创下美国同类节目收视率第一。对于这样一档平民偶像节目，美国人是如何看待的呢？看看几位老美怎么说。

[调查问卷]

1.在大多数美国人心目中，“美国偶像”意味着什么？是一场全民的个性释放，是一夜成名的大好途径，还是仅仅是一个电视节目——你会在空闲的时候看一看，但绝不会为了它花费太多感情和精力？

2.你所知道的观众对于“美国偶像”最疯狂的反应是什么？

3.你认识的人中有参加者吗，他们怎么看待自己的行为？假如没有，你觉得美国人为什么参加这个节目？

4.成为歌星对美国人来说，是不是一个很棒的人生目标？假如不是，那人们认为什么才是生活中值得追求的东西？比如你自己？

5.你觉得“超级女声”在中国引起的反响与“美国偶像”在美国的反响有什么不同？你觉得原因是什么？你怎么看待这种现象，有没有什么令你想不通的地方？

6.你觉得在节目里当着评委和观众的面唱歌，有助于个性的释放吗？

7.你觉得对于参赛者应该有年龄限制吗？

Lee 26岁 某餐饮管理有限公司业务经理

1.我觉得这是一个很好的释放个性的方式。让那些觉得自己有唱歌天分的人有一个舞台可以展示自己。我个人看得不多。

2.没什么特别印象。

3.每个人都有一个“明星梦”。能够上电视，让全国的人都看见自己。也有一种人是为了好玩，体会一下这种经历也好。

4.也不是所有人都这么认为，每个人有自己不同的天分，对那些喜欢唱歌的人来说这是一个机会。那对我来说，我所追求的是一个稳定的人生。

5.“超级女声”我听说过，我觉得可能是在中国人们崇拜明星的现象很严重，因为在很多人眼里，成为明星是最快的出人头地的途径，而这个选秀活动就给他们提供了这样一个机会，你所要做的就只是报名，不需要别的，那么何乐而不为呢？在大多数美国人看来，成功的定义有很多种，不一定非要做明星当偶像，也可以过得很好。我觉得中国对“超级女声”的反响也不奇怪吧。

6.还好，因为我本人不很擅长唱歌。

7.应该有一个限制，因为如果太小的话，你没有自主行为能力，很有可能被别人操纵，年龄太大的话也不好。

Jimbo 35岁 舞蹈老师

1.我觉得这是娱乐大众，对观众来说可以看到更多新的“明星”，对于参赛者来说则是一个“曝光”的机会。

2.我印象当中没有什么特别疯狂的事情，因为在美国这类节目很早以前就出现过。

3.可以成名，有机会可以过新的生活。

4.对一些人来说是这样的，可能你看到参加“美国偶像”的人很多，成千上万，但是从整个人口来说，这只是一部分人。我个人追求的是我自己现在的职业，我希望更多的人知道摇摆舞，喜欢摇摆舞。我最高兴的是看到我的学生舞学得好。

5.我没看过“超级女声”，不过我觉得即使有些人不是那么有天分，但是当她们表现自己的时候就会自己感觉很好，可以实现一些平时没有机会实现的东西，她们是勇敢的。但这也是一场赌博，那些疯狂的人为了参加“海选”不去上学，全国各地到处跑，她们在冒着失去很多其他东西的风险。

6.很难说，可能对有些人来说是。能抓住这样一个机会就不要后悔，即使表现得不好，但如果你去参加了 100 次还是表现不好，那你就应该考虑一下自己是不是适合唱歌了 。

7.我觉得不应该有年龄限制，可能是“美国偶像”想要打造真正的明星，才限制年龄吧。但是我觉得对那些大于 28 岁的人来说会很遗憾，因为太老而不能展现自己。

Peter 20 岁 哈佛大学大一学生 现在上海西门子实习

1.我觉得大部分美国人都只是把它当成一个公司的秀，他们看它是为了娱乐，但不会影响到他们的正常生活。美国人大部分不喜欢流行歌曲，他们只是把流行歌手看成是唱片制作者的市场计划的工具。

2.不会很疯狂，就是每星期看选赛，给他们投票，然后买“美国偶像”音乐专辑。

3.为了出名吧。

4.每个人都有一个不同的奋斗目标。有一些人的信念就是要成为流行偶像，而其他人就会对这个行业很不屑，从来也不会想从事这个职业。我是一个金钱至上的人，我没有特别具体的目标，但是无论我做什么，都需要有金钱刺激。

5.人们对“超级女声”的狂热程度可能比“美国偶像”更高一点，就是因为在中国社会流行产业更能赚钱。我相信在美国，人们只是把“美国偶像”看做又一个电视秀，而中国人对这种特殊的选秀形式很入迷。在中国社会，我觉得似乎有一种与生俱来的对音乐和唱歌的热爱，你只要去看看上海的卡拉 OK 营业场所的情况就知道了。我想像“超级女声”和《莱卡》的流行是因为中国有那么多热衷于流行歌曲的人。此外，“美国偶像”在美国的风光已经随着时间逐渐暗淡了，而在中国，这种全民癫狂的情绪也许只是刚刚开始。

6.我不知道它是不是一种个性的释放，但是我知道很多人在表演时为了在评委面前秀一下，会很注意控制自己，把他们的嗓音几乎装成假声。

7.我认为不要年龄限制，任何想成为一个好的歌手的人至少应该让他们试一下。

“美国偶像”VS”超级女声“

[相似]

节目引发收视狂潮

“美国偶像”：该节目自 2002 年开播以来，一直是福克斯公司的收视法宝。在“美国偶像”播出期间，节目的收视率高居榜首，最多也只有王牌电视剧，如《犯罪现场调查》或者《人人都爱雷蒙多》这样的连续剧能够与之一拼，其他的节目根本就无法与之抗衡。节目播出4年来，在美国引起了很高的关注。

“超级女声”目前的火爆程度已经到了令人难以置信的地步。湖南卫视副台长汪炳文给了多个官方数据“超级女声”五大唱区的报名人数集合突破了15万人。据央视索福瑞的最新收视数据统计，“2005超级女声”收视，尤其是在全新开发的周末午间时段，收视份额更是突破10个百分点，稳居全国同时段所有节目的第一名。

关于“偶像”的新定义

“美国偶像”：去年，五音不全的美国华裔青年孔庆祥在参加比赛时，极具喜剧感的表现被评委嘲笑并被当场淘汰，他却以一句“我已经尽力了，因此我不会有丝毫遗憾……要知道，我并没有接受过专业训练。”一夜成名，不但赢得了美国观众的支持，还引发了世界各地关于偶像新定义的讨论。孔庆祥的人气一飞冲天：在fans为他建立的个人网站上，访问量在一周内超过700万次，许多女孩在网站上向他表达好感，要以身相许；《洛杉矶时报》、《人物》杂志及电视娱乐节目《今夜娱乐》都先后对他进行了采访；孔庆祥还出了名为《灵感》的个人首张专辑，在美国仅上市一周就大卖3.8万张，热度甚至超过了大提琴家马友友。

“超级女声”：同样，在超级女生中也冒出了力求“秀出自己，秀出风采”的“红衣主教”黄薪。虽然其年龄与唱功本属“超级女声”的异类，黄薪仍凭借自己的独特风格捷报频传。不但从万人海选中脱颖而出，还进入50强，又晋级20强，引发了一场追捧“红衣超女”的热潮。除了在网络上人气急升，成都33频道对她连做三天专访，湖南《娱乐无极限》也对她进行了专访……

获胜奖励

在这点上，两个节目所开出的奖励大致相同，即获胜者可与唱片公司签约，完成自己的明星梦。

[不同]

参赛者报名限制

“美国偶像”：参赛者必须是美国公民，男女不限，年龄必须在16岁到24岁。直到今年，参赛者的年龄限制才被放宽到28岁。

“超级女声”：最大的卖点就是对参赛者的无限制、无门槛制度。号称“不论年龄、不问地域、不拘外貌、不限身份”。只要是女性，上至88岁的老奶奶，下至12岁的小女生都可参赛。

评审淘汰制度

虽然两者都是由三到四个专业评审给出评语，观众用短消息或电话投票来决定选手去留的，所不同的是，“超级女声”把观众的支持率与选手的命运结合得更加紧密。由此产生了独特的PK赛和“大众评审”制度：累计前一周的短信票数后，2名票数最低的选手首先展开PK比赛。在专业评审和大众评审的投票后决定第一个被淘汰的选手。接下来经过层层比赛环节，依然按照场外短信支持率的高低来筛选出票数最低的两名选手，来由35名来自五大唱区第4名至第10名的大众评审投票决定而产生被淘汰者，可以说是处处体现了“一切权力交给大众”的原则。

赛制

“超级女声”的前半段是海选真人秀，后半段是选秀淘汰赛，并且在整个比赛过程中多次更改比赛规则。这曾引起了许多人的非议，但主办方意在保持节目的新鲜程度。五大赛区的前三名会师于长沙的决赛。在决选阶段的过程中，首先是10名亚、季军进行10进7、7进5两场10强入围赛，从中决出的5名选手与各唱区的5名冠军选手共同组成10强；10强产生后，将按顺序进行5场比赛，分别是10进8、8进6、6进5、5进3和最终的冠军争夺赛。此外，这5场比赛将进行鲜明的风格定位，每场比赛固定一个主题，如“美声年代”、“男声女声配”、“VJ帮帮乐”、“女声夏令营结业典礼”等。此外，美国的节目也没有长沙决赛当中那样的两人合唱，而始终都是独唱。